Iris Muhl

Engelspost

www.fontis-verlag.com

Für Dich, kleiner Levi

(2019–2019)

Wir hören Dein Lachen,
wenn Du die Schneeflocken fängst.
In den Wolken.
Wie schön es klingt.
So nah.

Iris Muhl

Engelspost

Die Geschichte eines Betrügers

fontis

Bibliografische Information der Deutschen Nationalbibliothek
Die Deutsche Nationalbibliothek verzeichnet diese Publikation in der Deutschen Nationalbibliografie; detaillierte bibliografische Daten sind im Internet über www.dnb.de abrufbar.

Der Fontis-Verlag wird von 2021 bis 2024 vom Schweizer Bundesamt für Kultur unterstützt.

MIX
Papier aus verantwortungsvollen Quellen
FSC® C014138
FSC
www.fsc.org

Umschlag: Spoon Design, Olaf Johannson, Langgöns
Fotos Umschlag: Radio U4: Shutterstock.com – patpitchaya / Bahnhofszene U1: Shutterstock.com – Serjio74 / Mann und Mädchen U1: Shutterstock.com – Everett Collection
Fotos Klappen: Autorenfoto © by Iris Muhl / Briefmarke: Shutterstock.com – Rodan
Satz: InnoSet AG, Justin Messmer, Basel
Druck: Finidr
Gedruckt in der Tschechischen Republik

ISBN 978-3-03848-218-5

Inhalt

Unsichtbare Brücken spannen
von dir zu Menschen und Dingen
von der Luft zu deinem Atem

Rose Ausländer

Kapitel 1
On Air

Möchten Sie das wirklich hören?»
Eliott White sieht den Rundfunkmoderator von Radio Eighteen mit wässrigen Augen an.

«Was reden Sie da? Aber selbstverständlich, Mister White! Was war ich dankbar, dass Ihre Sekretärin mich zurückgerufen hat. Man sagt, niemand habe jemals ein Radiointerview gemacht mit Ihnen. Und Sie rufen mich zurück!»

Eliott White starrt ihn skeptisch an. «Ich bin mir ehrlich gesagt nicht so sicher, ob es wirklich richtig ist, was ich hier tue.»

Der Moderator Phileas Walker winkt ab.

«Sir, mein Boss hat Rheuma, aber als er gehört hat, dass uns der große Eliott White im Studio besuchen wird, ging er auf die schmerzenden Knie, um dem Herrn dafür zu danken.»

White blickt ungläubig drein und fährt sich über den gepflegten schneeweißen Bart. Er mag Komplimente, kennt aber auch den kläglichen Wert solch oberflächlicher Schmeicheleien. Seit langer Zeit bedeuten sie ihm nichts mehr. Tiefe Falten legen sich um seinen Mund, ziehen die schmale Nase in die Länge, prangen wie Narben auf seiner Stirn. Seine Schultern schmerzen, der Nacken ist steif. Er dreht den Kopf zweimal hin und her, das feine Knacken in den Halswirbeln verschafft ihm Erleichterung. Versunken in Gedanken überlegt er: Weshalb bringt Milli mich nur in diese Lage? Es gibt keinen Grund, hier zu sein.

Seine Sekretärin Milli Edvards, die erst seit zehn Tagen bei ihm arbeitet, hat ihm diesen Studiotermin eingebrockt. Von seiner abgrundtiefen Abneigung, was Rundfunk, Fernsehen und Zeitungen betrifft, hat sie noch keine Kenntnis. Wie sollte sie auch? Beschämt wird ihm klar: Ich hatte kaum Zeit, mit ihr zu sprechen.

Was wollen diese anstrengenden und launischen Menschen einem alten Mann, der zwei Weltkriege erlebt hat, noch vormachen? Doch das allein ist es nicht, was Eliott White bedrückt.

Der Journalist wird die ganze Wahrheit über mein Leben erfahren wollen, sagt er sich.

Genau in diesen Minuten wird ihm das klar. Jetzt aber ist es zu spät, um zu verschwinden. Er sitzt bereits auf diesem vermaledeiten Interviewstuhl. Mit seinen 73 Jahren ist er zu alt und zu schwach, um einfach schnell aufzuspringen und abzuhauen.

White lässt seinen getrübten Blick durch den Raum gleiten. Mit der rechten Hand holt er seine Hornbrille aus der Jacketttasche und setzt sie sich auf die Nase.

Im Studio ist es recht dunkel, nur eine winzige Lampe wirft einen zarten Lichtkegel auf den Tisch. Außerhalb des Hochhauses, in dem sie sich befinden, auf den Straßen von New York City, herrscht immer noch reges Treiben. Suchende Scheinwerfer huschen in unregelmäßigen Abständen über die Wände des Erdgeschoss-Studios.

Das Mikrofon hängt Eliott White direkt ins Gesicht wie ein schwarzer Maiskolben. Unsicher tastet er den Kolben ab, in seinem schweren Kopfhörer erklingt ein dumpfes Klopfen, das in seinem Gehörgang widerhallt. Das rechte Ohr ist beinahe taub.

«Muss ich hier reinsprechen?», fragt er.

Ein Techniker mit einer dicken Brille in Schmetterlingsform und einem rostroten Pullover, der in der Dunkelheit braun schimmert, öffnet die mit Leder gepolsterte Tür und eilt zu Mister White. Mit langen Fingern schraubt er am Mikrofon herum, bis es im richtigen Winkel zu Whites Gesicht steht, und schlüpft dann wieder aus der Tür.

«Noch zwei Minuten, Phili!», sagt der Aufnahmeleiter, der hinter der Glaswand sitzt und an seiner Zigarette zieht. Der Moderator hebt den Daumen, bedeutet ihm, dass er bereit ist.

«Wie heißen Sie, Sir?», fragt Mister White den Moderator, der sich jetzt die Wangen knetet, um sich auf sein nächtliches Interview vorzubereiten.

«Phileas Walker, Sir.»

«Nun, Mister Walker, Sie werden hören, dass es einen Grund gibt, weshalb ich in der Öffentlichkeit nie über mein Leben gesprochen habe. Ich muss Sie allerdings warnen ...»

Walker nickt dem alten Mann aufmunternd zu, obwohl er eigentlich keine Zeit hat, noch lange mit seinem Gast zu sprechen. Direkt bevor sie live gehen, ist er immer nervös. Er nestelt in seinen Unterlagen – insgesamt 28 Fragen, die ein Mitarbeiter vorbereitet hat.

«Wenn Sie in ein paar Stunden müde werden, Sir, dann bringt Monk Ihnen Kaffee», sagt er und zeigt mit dem Finger auf den bebrillten Techniker, der mit verschränkten Armen draußen hinter der Studioscheibe steht und den alten Mann im Aufnahmeraum interessiert beobachtet.

«Es gibt auch Sandwiches, Kekse. Monk kann im Lokal nebenan Kuchen für Sie holen, wenn Sie wollen. Die schließen nie vor vier Uhr morgens.»

White nickt, er winkt ihm mit seiner kleinen Hand dankend zu. Schon gut, schon gut.

Der Aufnahmeleiter warnt: «Noch zwanzig Sekunden, dann sind wir auf Sendung.»

Eliott White hört noch mal in sich hinein.

Keine Lügen mehr, Eliott. Keine.

Nun springt das rote Licht über der Tür an und beleuchtet den sonst so dunklen Raum: «On Air».

Die Stimme des Moderators dringt in den Äther hinaus. Sie klingt fröhlich, ja beinahe ausgelassen: «Willkommen, liebe Zuhörer! Es ist 23 Uhr. Sie hören den nächtlichen Talk ‹The Eye› von Radio Eighteen vom 11. November 1951. Heute mit unserem besonderen Gast, Mister Eliott White, dem berühmten Eiscremeproduzenten! Er gehört zurzeit zu den erfolgreichsten hundert Unternehmern Amerikas. Nur aufgrund seiner Eiscreme-Lieferungen an die Front haben wir Alliierten den Zweiten Weltkrieg gewonnen, oder etwa nicht, Leute? Was manche gar nicht wissen: Eliott White ist auch ein begnadeter Zeichner und ein großer Wohltäter, der sich stark für die Rechte von Kindern einsetzt. Wir freuen uns darauf, etwas aus Ihrem spannenden Leben zu erfahren, Mister White!»

Eliott White beginnt zögerlich, räuspert sich erst, trinkt

dann einen Schluck Wasser aus dem dickbauchigen Wasserglas, das direkt vor seiner rechten Hand steht. Dann beginnt er vorsichtig zu sprechen:

«Guten Abend … Wissen Sie, es ist für mich nicht leicht, über meine Geschichte zu sprechen. Das hat einen Grund.»

Der Moderator nickt ihm zu. Weiter, bitte weiter.

White holt tief Luft, seine Stimme klingt brüchig, doch er fährt fort: «Ich wünschte, ich wäre früher ein anderer gewesen. Aber ich kann diese Zeit nicht rückgängig machen. Es ist nicht immer ein Vorteil, in vielen Lebenslagen bevorzugt zu werden, ja es ist sogar eine Gefahr, wenn einem alles zufällt. Und man erschrickt ganz furchtbar, wenn man erkennt, wie gewissenlos man anderen Menschen Schaden zugefügt hat.»

«Sie haben also krumme Dinge abgezogen, Mister White?», gibt Walker aufgeregt zurück.

White zuckt zusammen. Das Sprechen fällt ihm schwer, doch er will offen sein. Seine Hand zittert.

«Dazu kann ich nur sagen: Ja. Als ich jung war, war ich ein gewissenloser Betrüger, ein Dieb und Lügner. Und ich hab mir nicht viel dabei gedacht. Das Leben war halt so. In dieser Zeit kurz vor dem Ersten Weltkrieg schien alles möglich zu sein in Amerika. Vor allem in New York, wo ich lebte, wimmelte es von Betrügern. Aber es liegt kein Glanz auf dieser Zeit, Mister Walker … Und als mein Kartenhaus aus Betrug und Lügen zusammenbrach, forderte das Leben seinen Tribut, das kann ich Ihnen versichern.»

Der Moderator kommt in Fahrt. «Sie sind der größte Eiscremehändler in New York, Mister White. Hat Ihr Unternehmen damals Schaden genommen, als alles zusammenbrach?»

Jetzt erst begreift White, dass der Moderator keine Ahnung hat von seinem Leben, dass der junge Mann im Dunkeln stochert, und dass er, Eliott White, weit ausholen muss, um seine Geschichte zu erzählen. Deshalb sagt er geduldig: «Sie verstehen nicht, mein Sohn. Das, wovon ich Ihnen heute Nacht erzählen werde, geschah *vor* meiner großen Karriere. Und meinen geschäftlichen Erfolg mit dem Eiscremeunternehmen verdanke ich allein einer Tatsache.»

«Welcher, Sir? Welcher Tatsache?»

Obwohl es stockfinstere Nacht ist und die meisten Menschen in New York bereits ihre Lichter gelöscht haben, nestelt der Moderator aufgeregt an seinem Kopfhörerkabel.

«Ich verdanke es der Tatsache ... also der Tatsache ...» White klingt betrübt und unsicher.

«Nun denn, Mister White, lassen Sie hören! Wir haben bis vier Uhr morgens Zeit. Sie hören Radio Eighteen, liebe Zuhörer, mit der Nachtsendung ‹The Eye›! Bleiben Sie dran, die Geschichte von Eliott White wird Sie in Erstaunen versetzen.»

Kapitel 2

Nichts als Schwindeleien

Wenn es okay ist, fange ich einfach ganz von vorne an», sagt White. Und Walker nickt ihm aufmunternd zu.

«Ich wurde 1878 im Metropolitan Hospital, hier in New York, geboren. Soweit mir bekannt ist, war ich ein Säugling, der viel weinte und nie richtig zu Kräften kam. Als ich sechs Jahre alt wurde, kaufte mir meine liebenswürdige Mutter einen Anzug und schulte mich ein. – Ich hätte mir keine bessere Mutter wünschen können, sie liebte mich mit Überschwang, was ich ihr niemals vergessen werde. Allerdings verwöhnte sie mich auch … Ich war ein auf Rosen gebetteter Dreikäsehoch.»

Phileas lächelt. Schwer vorzustellen, dass der reiche alte Mann, der hier vor ihm sitzt, einmal ein kleiner Bengel gewesen sein soll.

«Erst viel später habe ich erkannt, dass die Erziehung meiner Mutter, die aus sehr viel verhätschelnder Liebe bestand, mehr Schwierigkeiten als Vorteile mit sich brachte … Meine Mutter schenkte mir alles, wozu sie in der Lage war, obwohl wir vergleichsweise wenig Geld hatten.»

«Sie stammen also nicht aus reichem Elternhaus, Mister White?»

«Nein, gar nicht. Meine Mutter hatte zwar eine kleine, feine Pension in der 33. Straße, die sie sehr sauber und ordentlich geführt hat. Aber es waren nur fünf Zimmer. Es hat uns ein Auskommen verschafft, aber eben gerade so. Das hätte alles nicht so gut funktioniert, wenn meine Mutter nicht so fleißig gewesen wäre.»

White nimmt einen kräftigen Schluck aus seinem Wasserglas und setzt es geräuschvoll ab.

«Die Spitzentücher, die auf den Sesseln und den Sofas der Zimmer lagen, hatte sie alle selber gehäkelt. Sie putzte jeden Tag die Zimmer, und obwohl sie auch eine Hilfe beschäftigte, kochte sie selbst und wusch die Bettwäsche wöchentlich – ja, damals gab es noch keine vollautomatischen Waschmaschinen wie heute. Sie kochte die Bettwäsche noch im Trog und mit Seife in unserem kleinen Hof hinter dem Haus. Ich rieche heute noch den Duft der Seife, der in mein Zimmer drang. Dort, im Hof, wo sie auch Blumen pflanzte und zwei kleine Kiefern goss – sie fand, niemand soll allein sein, auch Bäume nicht –, fütterte sie auch die streunenden Katzen.»

«Das klingt idyllisch!»

«Aber das war es leider nicht nur. Wir hatten ein schwarzes Mädchen namens Maggie, die mich oftmals betreute, weil meine Mutter viel zu viel Arbeit hatte. Heute schäme ich mich dafür, aber damals war ich ein ziemlich frecher Junge. Ich hatte nur Heimtückisches und Schwindeleien im Kopf, verrückte Ideen und, das kann ich heute mit gutem Gewissen sagen, dumme, unausgegorene Gedanken. Meine Mutter hatte Besseres verdient. Aber sie setzte mir auch keine Grenzen. Egal, was ich tat, ich konnte mir ihres Verständnisses sicher sein. Ich liebe sie bis heute von ganzem Herzen, aber im Nachhinein erkenne ich, dass es nicht gut ist, als Kind verhätschelt zu werden.»

Nachdenklich blicken Whites alte Augen in die Ferne.

«Meine Mutter war für mich die wichtigste Person in meinem Leben, ich hab sie gegen jeden verteidigt, der sich über sie lustig machen wollte. Allerdings konnte ich mich auch darauf verlassen, dass sie mich jedes Mal freisprach, wenn ich etwas ausgefressen hatte. Das war ein einfacher Weg für ein Kind, der in meinem Herzen zwangsläufig zur Überzeugung führte, dass Mutwilligkeit einen voranbringt, einem Macht und Kontrolle verschafft.»

Phileas Walker blickt nachdenklich. – Worauf läuft die Erzählung des alten Magnaten hinaus? Die vorbereiteten Fragen in seiner Hand fallen ihm wieder ein und räuspernd schiebt er ein: «Ähm, unsere Hörer interessiert Ihre Kindheit natürlich sehr, Mister White. Würden Sie sagen, hier wurden schon die Weichen gestellt für Ihre spätere Karriere?»

«Vielleicht schon!» Eliott White lacht leise. «Weil ich später immer bemüht war, die Folgen meiner Erziehung wieder auszubügeln! Eine solche Erziehung ist leider ein Schuss in den Ofen. Vor allem, wenn man bedenkt, dass das Leben damals noch ganz anders war als heute. Alles war einfacher, unkomplizierter, man machte sich nicht so viele Gedanken um die Kinder. Wir verbrachten viel Zeit unbetreut auf der Straße, waren in Gangs unterwegs. Die Polizei war de facto eine abwesende Organisation, oftmals selbst in Geldhandel und Korruption verwickelt.»

«Wie sah das aus? Wie müssen unsere Hörerinnen und Hörer sich das vorstellen?»

«Ich erinnere mich, wie wir auf den mit Kopfstein gepflasterten Straßen von New York herumgeflitzt sind. Damals gab es noch Fiaker und viele Kutschen. Vereinzelt waren auch Autos auszumachen, das hat uns immer sehr beeindruckt. Erst später wurde es normal, dass man mehr Automobile sah, die sich aggressiv durchs Gewühl hupten und schwarzen, giftigen Rauch ausstießen, der sich wie eine Schicht Ruß aufs Gesicht legte. Der Gestank war unerträglich in den Straßen. Es roch nach Pferdeäpfeln, Hunde- und Hühnerkot, nach gekochtem Kohl, Frittier-Öl, gebackenem Brot, nach Jauche und gepresster Kohle, Kalkstaub, nach Rauch und dem süßen Parfum von üppigen Dirnen.»

Der Moderator lächelt. «Erstaunlich, dass Sie das alles noch so genau in Erinnerung haben! Liebe Zuhörer, bedenken Sie: In den New Yorker Mietshäusern gab es damals in der Regel keine Badezimmer.»

White drückt den Rücken durch und probiert eine andere Sitzhaltung aus. Er spürt, dass es ihm überraschend leichtfällt, in die Zeit seiner Kindheit einzutauchen. Langsam lässt die Anspannung nach.

«Ja, die Leute stanken nach Schweiß, fauligen Zähnen und ungewaschener Kleidung. Wenn jemand nach Seife duftete, dann sah man sich nach ihm um, weil er einem göttlichen Wesen glich, das sich in den Straßen von New York verirrt haben musste. Wir waren Lausebengel, die so jemandem auch gerne mal einen Spruch hinterhergerufen haben.

Links und rechts an den Häusern zogen sich eiserne Feuerleitern die Wände hoch. Es gehörte zu unseren Mutproben, dort herumzuklettern. Die Leitern rosteten eigentlich alle und legten sich wie orange Spinnennetze auf die Dächer aus Pressblech. Überall standen dicht belegte fünfstöckige Backsteinhäuser, deren Fenster mit frischer Unterwäsche verziert waren. – Wenn man die klaute, durfte man sich nicht erwischen lassen! – Die Häuser reihten sich eins nach dem anderen aneinander, immer mehr Blocks entstanden, und sie wurden jedes Jahr höher.

Ich sehe es vor mir, als wäre es gestern: In den Straßen zogen die Leute Handkarren mit Gemüse und Fleisch hinter sich her, da standen durstige Pferde an der Ecke, wuselten eifrige Hausierer mit gestohlener Ware, schrien laut die Gemüsehändler, um sich gegenseitig die Käuferschaft abspenstig zu machen.»

«Viele Leute erwarten wohl, dass ein Geschäftsmann wie Sie als Kind fleißig die Schulbank drückte und eigentlich nur zu Hause saß und lernte. Aber wenn ich Sie jetzt so höre, war das wohl ganz und gar nicht so?»

«Nein, im Gegenteil. Ich war stets mit dabei, wenn wir uns Kämpfe mit den Straßenkindern lieferten. Eigentlich waren das ja arme Teufel, die sich jeden Tag mit Betteln und Hausarbeit über Wasser hielten und nachts in den Seitengassen auf Stroh schliefen. Das hat niemand hinterfragt, das gehörte zu unserem Alltag. Mit vierzehn Jahren wurde ich von der Schule geschmissen, weil ich dem Lehrer eine Spinne von der Größe einer Handfläche in den Kragen gestopft hatte. Deshalb suchte ich mir eine Aufgabe, um an Geld zu kommen. Ich wollte meiner Mutter nicht zur Last fallen, wollte sie unterstützen, da mein schlechtes Gewissen an mir nagte. Natürlich erzählte ich ihr nichts von meinem Schulausschluss. Das war meine erste große Lüge. Und viele weitere sollten folgen …»

«War das der Beginn Ihrer Eiscreme-Karriere? Haben Sie damals diese Nische für sich entdeckt? Hat Ihnen jemand eine Chance gegeben, und dann konnten Sie sich hocharbeiten?»

«Nein, das kann ich leider nicht behaupten. Am ersten ‹schulfreien› Tag schlenderte ich am Hafen entlang. Da sah ich zum ersten Mal die Neuankömmlinge aus Europa, die dichtgedrängt in einer Schlange anstanden und sich von Ärzten untersuchen ließen. Manche von ihnen wirkten verwirrt, andere lachten und rauchten eine Zigarette nach der anderen. Ich lernte schnell, dass die Einwanderer fragile Wesen waren, die nichts von Amerika wussten und die hauptsächlich aus einem Grund nach Übersee reisten: Sie hatten Träume und waren voller Hoffnung. Damals war mir nicht klar, was es bedeutet, zu träumen, da ich – für mein Empfinden – ja alles besaß: eine liebevolle Mutter, ein gutes Bett, ein schönes Zimmer, regelmäßige Mahlzeiten, Freunde, Maggie, das Hausmädchen, das mich beschützte … In mir keimte der Gedanke auf, dass die Einwanderer keine Ahnung von dem harten Pflaster hatten, auf dem sie hier gelandet waren. Und solange das so blieb, musste man es ausnutzen …»

«Was allerdings schon auffällt, Mister White, ist die fehlende Vaterfigur in Ihrem Leben. Sie sagen, Sie hätten alles gehabt. – Aber wo war Ihr Vater?»

«Ja, ein Vater fehlte mir, aber das wurde mir erst später schmerzlich bewusst. Ich habe ihn nie kennengelernt. Er ist wahrscheinlich an Tuberkulose gestorben. Ich war damals ein Jahr alt.»

Eliott White seufzt. Dann schweigt er. Im Studio ist es still – zu still. Phileas Walker wird unruhig. Warum hat er ausgerechnet eine so unsensible Frage gestellt? Der alte Mann ist aus dem Konzept gebracht. Doch dann holt Eliott White tief Luft und sagt:

«Ich bin aber dankbar, dass ich immerhin eine wunderbare Mutter hatte. Natürlich hat sie auch Fehler gemacht, aber wer tut das nicht? Da meine Mutter ihren Hausgästen zum Beispiel gerne eine frische Cola anbot, begann ich das ebenfalls zu trinken. Das ‹Tonicum› war natürlich ausschließlich für Erwachsene gedacht. Es wirkte aufmunternd, gegen Depressionen und Nervenleiden. In den 1880er-Jahren gab es allerlei Produkte, die offen mit ihrem Kokaingehalt warben. Und obwohl sie mir das Getränk verboten hatte, war meine Mutter doch zu beschäftigt, um mich zu kontrollieren. Ich stahl die Cola aus dem Keller und trank jeden Tag ein Glas. Das Zeug machte mich derart nervös und ungeduldig, dass ich schnell Entzugserscheinungen zeigte, wenn kein Vorrat mehr da war.»

«Glauben Sie, der Cola-Konsum hatte auch einen Einfluss auf Ihre Schulkarriere?»

«Sicherlich. Aber es war damals nichts Ungewöhnliches. Kokain galt als gesundheitsförderlich. Jedenfalls: Erst nach sechs Wochen erfuhr meine Mutter von meinem Lehrer vom Schulrausschmiss. Er kam vorbei und trank mit ihr Tee, entschuldigte sich sogar bei ihr, obwohl *ich* den Fehler begangen hatte. Sie weinte zwei Tage lang und schämte sich für mich. Dann sagte sie wütend und aufgewühlt: ‹Du suchst dir jetzt sofort einen Job, um Geld zu verdienen!› Also begann ich mit vierzehn Jahren am Hafen von New York mit Anzügen zu handeln, denn Einwanderer ließen sich leicht von einem minderwertigen Anzug überzeugen, da sie ja keine Ahnung hatten von nichts. Ich fühlte mich stark, dachte, ich sei etwas Besseres, weil ich Leuten Dinge andrehen konnte und auch im Stehlen und Betrügen immer geschickter wurde.»

Der Moderator blickt überrascht in Whites Gesicht. Er ist selbst Nachkomme irischer Einwanderer. – Wieso schämt sich White nicht, so etwas zu erzählen? Weiß er nicht, welche Wellen diese Geschichte schlagen könnte?

«Der Durchschnitts-Einwanderer trug dreißig Dollar in der Tasche, hatte also nur wenig Geld. Die meisten von ihnen waren mausarm, die kleinen Kinder unterernährt, in löchrigen, zerschlissenen Kleidern unterwegs, meistens weinend vor Hunger. Ich entsinne mich noch, dass manche verfilzte Haare hatten und schmutzige Gesichter, kleine klebrige Hände, blau angelaufene Füße von der Kälte. Wissen Sie, wie es ist, kleine Kinder jammern zu hören, nur weil sie etwas zu essen brauchen und ein warmes Bett?»

Walker beschließt, professionelle Distanz zu wahren. «Wie genau sah Ihr Job aus, Mister White?»

«Die Einreisebedingungen waren strikt. Um nach Amerika einreisen zu können, brauchte man damals 25 Dollar, sonst setzte die Regierung die Reisenden gleich wieder aufs Schiff zurück nach Europa. Das wussten wir. Deshalb begann ich, billige Anzüge und Mäntel zu verkaufen, und versicherte den armen Leuten, mit diesen Anzügen könnten sie schneller Fuß fassen in dem Land der tausend Möglichkeiten. Es dauerte allerdings nicht lange – nur wenige Monate –, und ich erkannte, dass ich mit den Anzügen kein großes Geld machen konnte, weil die wenigsten von ihnen zwanzig Dollar für einen Anzug ausgeben wollten. Aus diesem Grund, und weil der Zustrom an Einwanderern immer beträchtlicher wurde, vermittelte ich bald auch Arbeitskräfte an Speiselokale. Ich erinnere mich, wie manche von ihnen sieben Tage die Woche arbeiten mussten, zwölf Stunden täglich, Geschirr waschen, den Boden wischen, für fünf Dollar die Woche.»

White rutscht auf seinem Stuhl hin und her. Ich habe beschlossen, ehrlich zu sein, sagt er sich und fährt fort:

«Ich bin nicht stolz darauf, und ja, es war ein mieses Geschäft. Für jede Vermittlung bekam ich rund sechzehn Dollar, während die ‹Immigrants› unter den Küchentresen ihrer Arbeitgeber schliefen. Aber auch dieses Geschäft lief irgendwann nicht mehr so gut, weil sich immer mehr Schlepper in den Deal einmischten. Später, ich war gerade achtzehn Jahre alt geworden, bekam ich ein Angebot von meiner Cousine Joleen, die ein Bordell in der Bronx besaß. Es war eine annehmbare Einrichtung. Ganz in Ordnung für amerikanische Verhältnisse. Es gab sogar ein Bad mit Wasserleitung.»

Mit offenem Mund blickt Monk, der Techniker, durchs Fenster in den Aufnahmeraum. Das wird kein normaler Night Talk, wird ihm immer mehr klar. Gespannt schaut er hinüber zu Phileas, der mittlerweile nervös seine gefalteten Hände an den Mund führt. – Der bekannte Eiscreme-Magnat hat früher in so einem Etablissement gearbeitet?!

«Ich arbeitete als Türsteher und wies die Herren weg, die ärmlich und verwahrlost aussahen, und ließ nur die gut betuchten hinein. Manchmal musste ich gewisse Herren rauswerfen, wenn sie nicht zahlen wollten. … Gerade in dieser Zeit geschah etwas, was mein Leben nachhaltig prägte. … Sie müssen wissen, wenn die Frauen Kinder bekamen, gab meine Cousine sie nach der Geburt weg. Nicht selten waren Hebammen daran interessiert, die Kinder an reiche Ehepaare zu ‹vermitteln›. Aber dazu später mehr. Ich will es auch wirklich kurz machen und niemanden mit meiner Geschichte langweilen.»

Phileas Walker setzt seinen Mund direkt ans Mikrofon. Er will das Ruder herumreißen und spricht mit aufgewühlter Stimme:

«Um Himmels willen, Mister White, Sie langweilen niemanden. Sie haben innert weniger Jahre ein erfolgreiches millionenschweres Eiscremegeschäft aufgebaut! Und nach dem, was Sie bisher erzählt haben, interessiert es mich noch mehr als zuvor: Wie war und wie ist es möglich, so erfolgreich zu werden, wenn man eine derart … komplizierte Vorgeschichte hat?»

Mister White scheint etwas ungehalten. Er winkt dem Aufnahmeleiter zu, die Sendung kurz zu unterbrechen. Dieser reagiert sogleich, gibt ein Zeichen. Der Tontechniker drückt den Knopf eines Plattenspielers. Jetzt läuft Modern Jazz: Mal Waldron, ein Pianist, der die Tasten so sanft berührt wie eine Mutter ihr Kind.

Genervt über seinen Mitarbeiter legt der Aufnahmeleiter seine Hände übers Gesicht. Danach kritzelt er etwas auf einen Zettel und hält ihn an die Scheibe: «Lass ihn reden, Idiot!» Es ist nicht zu übersehen, dass er mit der Hand wedelt und seinen Mitarbeiter antreiben will. *Los, los!*

Aufgebracht und in seiner Würde verletzt macht Phileas Walker weiter. Der alte Mister White hat die Szene beobachtet, räuspert sich und nimmt gemächlich einen Schluck Wasser. Im Aufnahmeraum ist es stickig, draußen beginnt es zu schneien. Er sieht, wie weiße Sterne auf dem Fenster liegen und der Schnee unter einer Laterne tanzt.

Phileas Walker sucht etwas ungeschickt in seinen Unterlagen eine passende Frage. Sein flehender Gesichtsausdruck lässt White nicht kalt.

«Mister Walker, die Unterbrechung tut mir leid», nimmt Eliott White das Zepter in die Hand. «Ich sagte Ihnen doch bereits, dass ich weit ausholen muss, sonst verstehen weder Sie noch die Zuhörer meine Geschichte.»

«Ja, natürlich, Sir!», flötet der Moderator und zieht die dicken Augenbrauen hoch. Absichtlich meidet er den Blick zu seinem Aufnahmeleiter. In der verbleibenden Musikpause ist er vollauf damit beschäftigt, sich ins Taschentuch zu schnäuzen und eine Flasche Whisky unter dem Tisch hervorzuholen. Danach gießt er sich einen goldenen Schluck davon ein.

Der alte Mann hört auf den Kopfhörern, wie es gluckert.

«Möchten Sie auch einen?», fragt der Moderator seinen Gast plötzlich.

«Nein, vielen Dank. Später vielleicht.»

In einem Zug perlt das scharfe Getränk in den Hals des Moderators. Gestärkt nickt er dem alten Mann zu, während der Aufnahmeleiter nervös an die Scheibe klopft. Diesmal steht auf dem Zettel: «Bitte weitermachen!»

Eliott White setzt erneut zum Erzählen an.

Kapitel 3
Die unvorhergesehene Reise

Wir lassen am besten einiges aus und beginnen mit dem Tag, an dem der Brief kam. Es war an einem Dienstag im Dezember 1912. Am Morgen gleich nach Weihnachten bekam ich eine Nachricht von einer anderen Cousine. Ihr Name war Elli, und sie lebte damals in New Mexico. Sie schrieb, dass ich ihr noch Geld schuldig sei. Ich will den Brief hier vorlesen, wenn Sie erlauben, denn er ist für mich sehr wichtig geworden. Ich werde Ihnen auch gleich erzählen, weshalb.»

Zur Überraschung der Anwesenden zieht Eliott White einen zerknitterten Briefumschlag aus der Brusttasche seines Jacketts.

Lieber Eliott,

wir haben ja lange nichts mehr voneinander gehört. Ich hoffe, du bist wohlauf und quälst dich nicht mit solchen Dingen, die ich im Moment am Hals habe. Ich bin wegen einer Masernepidemie in eine äußerst ungünstige Lage geraten. Viele meiner Schulkinder starben an der Krankheit, Gott habe sie selig, die Schule wurde geschlossen, Lehrer entlassen. Gütiger Gott, ich konnte meine Stelle noch behalten, aber habe keinen Lohn bekommen, worauf man mir meine

Wohnung gekündigt hat. Das Leben kostet, und ich muss meine Schulden bezahlen. Nun muss ich dich leider bitten, deine Schulden von 275 Dollar zurückzuzahlen. Würdest du mir das Geld so schnell, wie es geht, mit der Post zukommen lassen?

Danke und in tiefer Verbundenheit,
Deine Cousine Elli

Der alte Mann faltet den Brief beinah unerträglich langsam zusammen und legt ihn dann vor sich auf den Tisch.

«Verstehen Sie, die Post war damals kein seriöses Unternehmen wie heute. Niemand traute der Post über den Weg. Die Organisation war miserabel ausstaffiert und nichts war sicher vor Diebstahl. Ein alter Freund von mir, Greg Farrol, der aufgrund eines Kutschunfalls ein Holzbein hatte, arbeitete seit einigen Jahren in einer kleinen Poststelle. Er riet mir davon ab, Bargeld zu versenden, weil in jenen Jahren von Postangestellten alles Mögliche gestohlen wurde: Salamis, Architektenpläne, Backwerk, Porzellan und andere Dinge … Von Schecks hielt ich auch nichts, weil ich genügend Scheckbetrüger kannte. Kurz: Ich machte mich also auf den Weg und kaufte mir ein Ticket am Schalter, um höchstpersönlich zu meiner Cousine nach New Mexico zu fahren.

Natürlich erst, nachdem ich sichergestellt hatte, dass sie überhaupt noch lebte. Einen Brief konnte jeder verfassen, der des Schreibens mächtig war. Jeder hätte mir einen Brief zukommen lassen und mich bitten können, irgendwohin Geld zu schicken. Und da ich selbst ein Betrüger war, wollte ich niemandem trauen.

Meine Cousine lebte in einer Stadt in New Mexico, sie war tatsächlich in Geldnot, und es war tatsächlich sie und niemand anders, der mich um Geld gebeten hatte. An Mitteln fehlte es mir nicht, nur die Fahrt durch halb Amerika – von der Ostküste in den Süden – war Grund für eine kleine Verstimmung. Das Problem war, dass ich mich nicht gerne mit einem Hilfsmittel fortbewegte, weder auf einem trabenden Pferd noch in einem Automobil, auch in einer gefährlichen Hochbahn oder in einer dunklen Subway fuhr ich nicht gerne, denn ich fürchtete mich vor Erschütterungen, dem Rütteln und überhaupt vor Geschüttel jeder Art, das mir schnell Übelkeit bereitete.»

Phileas Walker atmet entspannt auf. Da ist sie, die typisch väterliche Stimme der älteren Generation, die von der guten alten Zeit spricht. Damit kann er arbeiten: «Es gab um die Jahrhundertwende noch Bedenken, was das Fahren mit der Eisenbahn anging, nicht wahr?»

«Wie viele Amerikaner vermutete ich, dass die unnatürlichen Vibrationen dieser Erfindung krank machten, ich fürchtete, dass die Organe in meinem Körper durcheinanderfallen würden und mein Herz bei dem unerträglichen Maschinenrhythmus der Dampflok nicht mehr regelmäßig schlagen könnte. Man sagte sich auch, der schwarze Rauch töte die Vögel, und dass die Kühe an der Bahnlinie wegen dem Lärm und dem Gestank keine Milch mehr gäben.

Trotzdem setzte ich mich zwei Wochen später mit dem Brief meiner Cousine in einen vollbesetzten Zug und rumpelte einer Stadt entgegen, die ich nur aus Zeitschriften kannte. Wir fuhren los in New York, dann ging es durch Maryland,

West Virginia, Kentucky, Tennessee, Arkansas, Oklahoma, Texas – und in New Mexico war der Spuk zu Ende. Ich hatte eine Reise von vier Tagen vor mir.»

«Sie haben sich also in das Rauchwolken ausstoßende Ungetüm gewagt …», sagt der Moderator und verkneift sich ein Grinsen.

«Das Gerumpel machte mich natürlich ganz mürbe, und ich sehnte mich ins Bett zurück … – aber ja, ich wagte es. Mein Hintern meldete sich bereits nach zwei Stunden Sitzen, und ich schalt mich, weil ich kein Kissen von meinem Sofa von zu Hause mitgebracht hatte. Ich rechnete mit Verspannungen in Rücken, Armen und Beinen, die ich mit meiner Pferdesalbe würde pflegen müssen, die derart stechend nach Eukalyptus und Kampfer stank, dass ich mich einmal beinahe hatte übergeben müssen, weil ich mir nach einer Schlägerei den ganzen Schädel mit dem Zeug eingerieben hatte.

Der Apotheker an meiner Straßenecke, Mister Ward – ein schwieriger Mensch übrigens, der eher mit starken Tabakwaren handelte als mit Heilmitteln –, hatte mir damals einen Topf von dieser schleimigen grüngrauen Masse verkauft. ‹Wohl bekomm's!›, hat er mir noch nachgerufen. Das Zeug wirkt, allerdings: Auf ein blaues Auge sollte man nichts davon schmieren, es gibt hässliche Schwellungen, Rötungen und einige Tage am Blindenstock.»

Phileas Walker lächelt. Sein Studiogast ist ins Erzählen gekommen. So soll es sein. Entspannt lehnt der Moderator sich zurück. Er und die Zuhörer des nächtlichen Talks in ihren Stuben überall in Amerika schätzen genau das: Persönlichkeiten, die sie mitnehmen – mitnehmen hinein in ihre Geschichte.

Kapitel 4
Ein sonderbares Kind

Die Hochhäuser von New York wurden auf der Zugfahrt bald abgelöst von Kleinstädten, Bungalows und irgendwann auch von mächtigem Farmland.

Auf einmal wurde mir bewusst, wie weit und unbeschreiblich schön meine Heimat war: malerische gefrorene Seen, ausufernde Flüsse und Farmhäuser mit frisch gestrichenen Scheunen, auf deren Dächern der Schnee in der Sonne schimmerte, zogen an uns vorbei. Wälder und Bäume reihten sich an den Horizont. – Ich weiß noch, dass die Baumspitzen, die aus den schneegekrönten bewaldeten Hügeln hinausragten, mich an den stoppeligen Rücken eines Stachelschweins erinnerten! – Verschneite Wiesen drängten sich an breite Flussläufe, an denen hin und wieder ein einsamer Steg auf Besucher wartete oder faulige Pfähle das Flussufer säumten.

Je weiter südlich wir fuhren, desto kräftiger und bunter wurden Felder und Vegetation. Was mich aber besonders beeindruckte, war die Atmosphäre des Landstriches, den wir bald in Kentucky durchquerten: eine heilige, einsame Stille. Obgleich es Winter war und keine Sträucher in Blüte standen, sah ich, was ich in all der Zeit in der Stadt New York an erhabener Schönheit verpasst hatte, und darüber wurde ich traurig. Ja, ich würde sogar sagen, ich war ein wenig erschüttert. Aber in der Zeit, in der ich aufgewachsen bin, wollten die Amerikaner noch nicht reisen, das Reisen war für uns lediglich eine lästige Pflicht, anstrengend und aufreibend.

Irgendwann sah ich auf meine Uhr und merkte, dass wir erst drei Stunden zurückgelegt hatten. Mit Blick auf die geheimnisvolle Landschaft war es mir so vorgekommen, als gleiche alles um mich herum einem vorbeiziehenden Film, den ich mir ganz für mich allein ansehen konnte.

Aber dann spürte ich prüfende Blicke auf mir und wandte mich dem Geschehen innerhalb des Waggons zu, in dem ich mich alles andere als allein befand.

Als ich realisierte, wie viele Menschen in diesem Zug saßen – es waren so gut wie alle Plätze besetzt –, musste ich mir erst mal die schmale dunkelblaue Krawatte richten beziehungsweise den Knoten etwas lösen. Ich war ein Dieb, aber deswegen noch lange kein Unmensch. Ich besaß eine ausgeprägte Ader für Ästhetik. Deshalb tat es mir weh zu sehen, wie all diese Leute so eng zusammengepfercht sitzen mussten. Immerhin war das Abteil, in dem ich saß, neu tapeziert mit einer dunkelroten Blumentapete, die aber noch nach Kleister stank. Die Holzsitze waren von Hand geschnitzt und dunkel lackiert worden, die Sitzplätze mit rotem Samt bezogen, der noch ganz neu wirkte.

Ein etwas in die Jahre gekommener Mann, der mir gegenüber am Fenster saß, blickte mich kurz an, wandte sich aber schnell wieder ab. Dunkle, seidene Kleidung dominierte bei den edel ausgestatteten Herrschaften, doch auf der anderen Seite des Waggons sah ich geflickte Kleidung, kaputte Mäntel und zerschundenes Schuhwerk. Jemand trug sogar noch ein Huhn in einem lottrigen Käfig bei sich, das unaufhörlich gackerte und einen scheußlichen Geruch von sich gab. Im Waggon herrschte starker Sauerstoffmangel, und ich erhob mich bald, um das Fenster zu öffnen. Ein Schwall frischer Luft drang in den Waggon, und ich atmete tief durch.

Die pummelige Dame neben mir, die in ein lila glänzendes Kostüm eingewickelt war und aussah wie eine Schmalzwurst, zeterte: «Sie stehen auf meinen neuen Schuhen!»

«Entschuldigen Sie bitte höflichst, Ma'am», sagte ich, ohne mit der Wimper zu zucken, und zeigte begeistert nach draußen. «Aber ist dieses Land nicht prächtig?»

«Es ist eher die Hölle!», sagte sie aufgeregt.

Mit fragendem Blick erwiderte ich ihre Bemerkung.

«Mein Schwager hat vor einer Woche einen großen Teil seines Waldbestandes in Kanada verloren. Weißfichten und Schwarzfichten. Wahrscheinlich wurde alles von der Konkurrenz niedergebrannt.»

«Das ist ja schrecklich», sagte ich, und es tat mir tatsächlich leid. Ihr Ehemann, dessen Hemd viel zu groß war, zupfte an seinem schiefen Kragen und nickte ebenfalls andächtig. Ich sah eine kleine Glatze unter seinem schwarzen Kopfhaar. Wir plauderten noch eine Weile über sonderbare Zustände im Land. Ich spürte, dass für Mrs. Lila das Geld vor der Moral kam. Ihre Familie musste reich sein. Ihr Reichtum zeigte sich nicht allein in ihrem Waldbestand, sondern auch in einer Whisky-Produktionsstätte in der Nähe von Texas. Nicht zu übersehen war ihre Art, über die Dinge zu sprechen: Sie gestikulierte unaufhörlich mit den Händen, die in weißen Handschuhen steckten. Darüber trug sie einige Goldringe, so dass ich auf einen schlechten Geschmack schloss – nur Angeber und Wichtigtuer tragen Schmuck über Handschuhen. Aber gerade das fesselte meine Aufmerksamkeit; besonders der leuchtende Rubinring an ihrer rechten Hand erregte mein Interesse.

Am offenen Fenster stehend genoss ich den kalten Fahrtwind und überschlug innerlich, welchen Wert der Klunker wohl besaß. Eine Herde Wapitis stand sehr nah an der Bahnlinie. Gemeinsam senkten sie ihre schweren Köpfe und schnupperten an trockenen, vereisten Grasstoppeln, schürzten die dicken Lippen und zogen damit ganze Büschel aus der Erde.

Nach einer längeren Kurve Richtung Süden entdeckte ich wilde Pferde mit muskulösen Leibern, die unaufhörlich galoppierend Schneestaub hinterließen, hin und wieder sah ich kleine Schafe mit dichtem lockigem Fell, verirrte Rinder mit dampfenden Nasen und Vögel, die dem eisigen Wind trotzten.

«Die Trockenheit im Sommer bereitet der Landschaft großen Kummer, und die Rinder leiden unter dem anhaltenden Wassermangel», sprach Mrs. Lilas Ehemann gerade bedächtig. Er bot mir eine Zigarre an, die ich dankend entgegennahm. Mit einem Streichholz reichte er mir Feuer, und ich sog beherzt den würzigen Tabakrauch tief in meine Lungen.

«Manche Farmer beginnen die Flüsse umzuleiten, damit sie ihre Tiere versorgen und ihre Felder bewässern können», fachsimpelte er nachdenklich.

Und der Herr gegenüber, der sich unser kurzes Gespräch

angehört hatte, sagte: «Ich musste kürzlich einen mächtigen Krach zwischen Farmern schlichten, weil sie sich um einen Flusslauf stritten.»

«Ah, Sie sind wohl Richter?», wollte ich von dem Herrn wissen.

«Friedensrichter», korrigierte er und zog launisch an seiner Zigarre. Goldene Knöpfe blitzten an seinem Jackett. Danach pustete er den Rauch zur Decke. «Seit rund zwanzig Jahren, seit die vielen Millionen Einwanderer ins Land kommen und uns das wenige Wasser, das wir noch haben, wegtrinken, steht es schlecht um unser Land», berichtete er betrübt.

«Warum können wir eigentlich nichts gegen die Einwanderer tun? Sie überschwemmen den Arbeitsmarkt und verdrängen unsere Landsleute», sagte Mrs. Lila laut. Sie klang besorgt.

Ich hatte das Bedürfnis, sie zu beruhigen, und tätschelte verständig ihre kleine, golden glitzernde Hand. «Viele meinen es gut», sagte ich, war aber selbst nicht überzeugt von meinen Worten, kannte ich doch durch mein Metier etliche kleinkriminelle Einwanderer aus Dänemark, Italien und Irland.

«Millionen von diesen Menschen sind begriffsstutzig und sprechen nur ein mittelmäßiges Amerikanisch. Wie sollen die einmal echte Amerikaner werden?!», sprach der Friedensrichter empört, ja beinahe verbittert.

Die Herrschaften schaukelten sich gegenseitig auf.

«Mein Hausmädchen war eine Dänin. Sie konnte die Silben kaum beugen. Mühsam. Ich habe sie nicht verstanden, und kochen konnte sie auch nicht. Das Essen brannte an, alles, was sie kochen konnte, war gesalzener Fisch! Deshalb habe ich sie wieder entlassen», sagte Mrs. Lila vorwurfsvoll.

Ihr Ehemann – dem ich insgeheim den Namen «Beans» gegeben hatte – legte nach: «Diese Ausländer drängen auf unseren Arbeitsmarkt, suchen Lücken, eröffnen überall ihre Backstuben, Schustereien, Schneidereien. – Und was ist mit uns?»

«Wir sind schon lange hier, bestellten das Land, erbauten Häuser, gründeten Städte und Dörfer!», rief der Friedensrichter empört, als müsste er das Land verteidigen, das wir vor bald dreihundert Jahren den Indianern entwendet hatten. Er sah mich auffordernd an, als müsste er meine amerikanische Glaubwürdigkeit überprüfen.

«Dabei ist das Land trocken und unwirtlich», gab ich schwach zu bedenken.

«Diese Ausländer werden das Amerikanisch, auf das wir so stolz sind, nie lernen. Die Italiener mit ihrer gedrechselten Aussprache schon gar nicht. Nur die Iren und Engländer können sich gut mit uns verständigen, obwohl ich sagen muss, dass ihr Englisch schon etwas abgehoben und spießig klingt», gab Mrs. Lila zu bedenken.

«Was mich aber tatsächlich zur Weißglut treibt, sind ihre guten Manieren», bemerkte der Friedensrichter.

Fassungslos starrten wir ihn an.

«Bei allem Respekt, Sir, gute Manieren sind das Herzstück eines Menschen», gebot Mrs. Lila ernst, obwohl ich das von ihr nie erwartet hätte.

Jetzt begann er sich umständlich zu erklären, sein Kopf wurde dabei rot, und er wirkte äußerst angestrengt.

«Ma'am, ich habe viele fremdländische Betrüger erlebt, die

sich mit guten Manieren durchs Leben schlugen. Natürlich bin ich mit Ihnen einverstanden, Ma'am: Ein Gentleman besitzt gute Manieren aus freien Stücken, ohne Erwartungen, nur weil die gute Erziehung ihn daran erinnert. Aber Betrüger machen sich einen Spaß daraus, den Damen die Ringe von den Händen zu küssen oder ihre Taschen abzuschneiden, während sie mit Charme und den besten Manieren mit ihnen schäkern. – Alles schon erlebt!» Er zischte, schnalzte mit der Zunge und spuckte auf den Boden, was damals nicht unüblich war.

Ich legte meine Hand betont entspannt auf meinen Spazierstock, während die Zigarrenhand lässig an meiner Brust lehnte, um jegliche Zweifel an meiner Person abzuwenden. Und obgleich mich niemand in diesem Zug kannte, fühlte ich mich ertappt. Ich gab mir Mühe, mich ruhig zu verhalten. Die Leute hatten ja keine Ahnung, was für ein skrupelloser Betrüger, ja, was für ein lebendiger Widerhaken ich war. Im Gegenteil: Meine elegante Kleidung, der schwarze Frack, die geschmackvolle Hose aus englischem Stoff mit den feinen Streifen und das Schimmern meiner teuren schwarzen Lederschuhe ließen sie im Glauben, ich sei ein eleganter Gentleman. Mit der Vorliebe und dem Begehren, der Welt jederzeit einen Gefallen zu tun.

Doch unvermittelt und mit Henkersstimme sagte der Friedensrichter beiläufig: «In den Südstaaten herrscht immer noch die Lynchjustiz. Wenn die Regierung nicht aufpasst, wird sie auch bald im Norden angewendet.»

Mir sackte das Herz in die feine Hose, da ich mich auf direktem Weg in ebendiesen Süden befand. Deshalb erhob ich mich, zog meinen Hut und sagte: «Herrschaften, es ist Zeit für mich, etwas die Beine zu vertreten. Wer rastet, der rostet, nicht wahr? Entschuldigen Sie.»

Elegant und gemächlich stolzierte ich aus dem Waggon. Nachdem ich mich auf dem Abort erleichtert hatte, verbrachte ich rund eine Stunde auf der Wagenbrücke. Ich inhalierte die Luft, die nach Kohlenstaub duftete, rauchte dann ein paar Zigaretten und wartete darauf, dass sich meine Anspannung löste.

In was für eine dumme Lage hatte ich mich da gebracht? Ja, ich hatte von Lynchjustiz gehört. Besonders Farbige wurden willkürlich von Weißen gelyncht, aufgehängt, aufs Schrecklichste ermordet. Die Vorstellung bereitete mir Unwohlsein, besonders die Tatsache, dass die Vergehen der Ermordeten meist nicht der Rede wert waren. Eine unhöfliche Unaufmerksamkeit zum Beispiel, ein fehlendes Dankeschön in einem Krämerladen, die Benutzung einer Parkbank für Weiße. Und schon baumelten sie an einem Baum. Und was tat die Regierung? In jener Zeit nichts, das kann ich Ihnen bestätigen.

Ich musste also auf der Hut sein. Ich kannte die Regeln in New York, während mir die Südstaaten völlig fremd waren. Vielleicht war es eine Fehlentscheidung, in den Süden zu fahren, sagte ich mir. Andererseits hatte ich schon immer zu den Erfolgreichen unter den Betrügern gehört und konnte mich auf meine Hände und meinen findigen Grips verlassen. Bis zum damaligen Tag hatte mich jedenfalls noch nie jemand entlarvt. Dieser Gedanke war unbesonnen, aber er beruhigte mich.

Mrs. Lila hielt sich ein Buch irgendeines amerikanischen Predigers vor die Nase. Sie gab vor zu lesen. Ich hätte tausend Dollar wetten können, dass sie nur so tat, um Beans, ihren dünnen, langhalsigen Ehemann, nicht ansehen zu müssen. Offensichtlich verstanden die beiden sich nicht sehr gut. Wenn er etwas fragte oder bemerkte, grunzte sie lediglich hinter ihren dünnen Buchseiten hervor, die im Luftzug willkürlich umblätterten. Und ohne sich darum zu bemühen, an den Leseausgangspunkt zurückzugelangen, fuhr sie auf einer anderen Seite mit der Lektüre fort.

Mir schräg gegenüber saß ein älterer Herr von etwa 55 Jahren, vielleicht auch älter, der schlief. In seinen Gesichtszügen entdeckte ich etwas Fürsorgliches, etwas, das insgeheim beglückte. Da er schlief, musterte ich ihn genauer. Wie mir schien, war er kurzatmig, und seine Weste wirkte am Kragen leicht abgenutzt. Die knochigen Hände waren ausgetrocknet und braungebrannt und sein Gesicht ebenso. Ich entdeckte tiefe Furchen auf seinen Wangen, und sein kantiges Gesicht vermittelte etwas Ernstes, mit einem feinen Ausdruck von Reserviertheit. Sein Mund war auch noch im Schlaf zusammengepresst und fügte sich zu einer klaren Linie, als wüsste er selbst im Schlaf ein Geheimnis für sich zu behalten. Die grüne Hose allerdings war neu, das sah man an ihrer satten Farbe – bestimmt war sie noch nie gewaschen worden, wobei man damals, zu Beginn des Jahrhunderts, teure Kleidung auch kaum wusch, nur die Wäsche, die man direkt auf der Haut trug. Zu meinem Vergnügen entdeckte ich tatsächlich ein kleines Preisschild an einer der Seitentaschen, das locker verspielt herumwirbelte. Seine braunen Lederschuhe wirkten alt, aber waren sauber geputzt, ja, er hatte sogar versucht, den Schuhen einen frischen Farbanstrich zu verpassen, seitlich zeigten sich dunkelbraune Streifen einer Paste.

Gerade beobachtete ich, wie sich seine Gesichtszüge während des Träumens verzogen, und bewunderte seine grauen buschigen Augenbrauen, da öffnete er seine Lider. Sein Blick war freundlich und fürsorglich, und ich hätte mich mit dem Mann sogleich angefreundet, wenn er mit mir gesprochen hätte. Aber er zog es vor, sich wieder in die Welt seiner Träume zurückzuziehen.

Da ich für mein Leben gern zeichnete – das war bestimmt das einzige Vernünftige, das ich in diesen Jahren tat, weil ich damit niemandem schaden konnte –, zog ich meinen Zeichenblock aus der Manteltasche und begann sein Gesicht auf dem Papier zu entwerfen, Strich für Strich. Doch schon bald wurde ich schwach und begann, auch seinen Oberkörper zu zeichnen, die seidene Krawatte, seine Hände, seine Beine und seine Schuhe. Eine Weile arbeitete ich an meiner Zeichnung, und ich war wie immer sehr zufrieden mit meiner Kunst.

Dann geschah etwas, womit ich niemals gerechnet hätte: Eine Sitzreihe entfernt saß ein kleines Mädchen. Im ersten Augenblick konnte ich nicht ausmachen, mit wem sie reiste. Bestimmt verstand ich aber, dass es ihr nicht besonders gut ging. Ich hatte damals schon mit einigen Mädchen zu tun gehabt, mit den jungen Frauen im Bordell meiner Cousine, mit den Töchtern der Frauen, die im Bordell arbeiteten, mit meinen verwöhnten Nichten, die immer spielen wollten: Reifenspiele, Singspiele, Händeklatschen. Aufgrund dieser Erfahrungen – ich gebe zu, viele waren es nicht, denn ich habe nie gern Zeit mit Kindern verbracht – hatte ich Angst vor Kindern. Für diese kleinen Wesen fehlte mir einfach die nötige Geduld.

Aber dieses kleine Mädchen saß aufrecht da, in ihrer Art sehr empfindsam und doch stolz. Heute könnte ich nicht einmal mehr genau sagen, was es war, das mich berührt hat. Jedenfalls begann ich in diesem Augenblick eine zweite Zeichnung, nämlich die dieses Mädchens. Sie trug einen dunkelblauen Hut und einen fadenscheinigen Mantel, darunter eine Fabrikschürze. Ihre schwarzen Stiefelchen waren abgetragen. Insgesamt machte das Mädchen mit blondem Pagenschnitt und altem Seidenband im Haar einen schäbigen Eindruck.

Ich bemerkte, dass die alte Dame aus derselben Sitzreihe, an deren Hals sehr viel schwerer, geschmackloser Schmuck hing, ziemlich weit von der Kleinen abgerückt war.

Das arme Kind ließ in mir Bilder aufleben, die ich von früher kannte. Am Hafen von New York City hatte ich ja bereits schon viel gesehen. Die armen Seelen von Galizien zum Beispiel, die bei ihrer Ankunft Felle trugen und sich noch nie im Leben mit Seife gewaschen hatten, die Süditaliener mit Schusslöchern im Koffer, die Russen mit verlausten Pelzhüten.

Der Anblick dieses Mädchens aber erfüllte mich mit Bedauern. Ihre kleinen Hände lagen unentschlossen auf ihrem Schoß. Laut meinen Vorurteilen waren Kinder laut und chaotisch, sie waren aufsässig, und wenn sie etwas nicht bekamen, dann wurden sie entweder wütend oder anhänglich wie ein junger Welpe. Aber ich hatte mich wohl geirrt, denn dieses Kind war anders.

Eine Stunde musste vergangen sein, denn ich hatte die Zeichnungen abgeschlossen, und die Luft im Wagen war schon wieder dick wie Erbsensuppe. Ich erhob mich und ging an dem Mädchen vorbei, wobei ich über eine Tasche stolperte und beinahe vornüber umfiel.

Sie sah mich kurz an.

Es waren nur zwei, drei Sekunden, aber ich erschrak beinahe zu Tode. Ihr Blick traf mich bis auf die Knochen, und ein seltsames Gefühl von Verunsicherung und Schmach überkam mich. Der kindliche Ausdruck ihrer Augen war so rein und von so einer Klarheit, dass sich Demut und Beschämung in mir regten.

Erschüttert torkelte ich durch den Gang, hörte das laute Stampfen der Lok, das Geschwätz der Menschen, aber fühlte mich unendlich einsam. Ich gelangte auf die Brücke zwischen zwei Wagen und floh vor diesem erdrückenden Gefühl. Sekundenlang starrte ich auf die Gleise unter mir, vielleicht waren es auch Minuten – ich bin mir nicht sicher, denn mein Zeitgefühl zerrann im Hin und Her meiner Gedanken.

Mich überkam eine Ahnung, die mich zutiefst verunsicherte. Siehst du jetzt Gespenster?!, sagte ich zu mir. Was soll das? Ich verspottete mich selbst und versuchte, nicht die Beherrschung zu verlieren. Die eisig-frische Luft tat mir gut, ich sog den Rauch der Lokomotive, vermischt mit der kernigen Prärieluft, tief in meine Lungen.

Unvermittelt holten mich die grässlichen Klageschreie von Zugvögeln, die direkt über uns dahinflogen, zurück in die Gegenwart. Auf unsicheren Beinen wackelte ich zurück in den Wagen, wo mittlerweile ein Riesentumult herrschte.

Kapitel 5
Die Brosche

«Dieses unverschämte Kind hat meine Brosche gestohlen!», brüllte die alte, mit Gold behängte Dame, der ich kurzerhand den Namen «Tigerauge» verpasste. Nervös zeigte sie mit ihrem krummen Finger auf das Gesicht des Mädchens.

Der alte Schaffner stand verwirrt inmitten der aufgeregten Menge und versuchte mit erhobenen Armen Ruhe zu schaffen. Aber niemand wollte sich beruhigen.

Ein junger Italiener stand auf und sprach in schnellem Italienisch. Dazwischen schob er immer wieder Brocken von Amerikanisch ein, was sehr amüsant klang. Ich war überrascht, wie gut ich ihn verstand. Am Hafen hatte ich oft mit Italienern zu tun gehabt. Ich hatte jene Menschen aus dem Süden Europas als besonders eitel kennengelernt. Allerdings musste ich zugeben, dass sie viel von Textilien verstanden: Es war schwer gewesen, italienische Einwanderer mit billigen Anzügen übers Ohr zu hauen. Sie zweifelten schnell an der Qualität des Stoffes. Mit kluger Miene und feinen Fingerspitzen fuhren sie über die Fäden, zogen mit beiden Händen den Stoff auseinander, legten besonderen Wert auf sauberes Nähhandwerk.

«Madonna mia! Lasci stare la bambina! – Lassen Sie doch

das Kind in Ruhe!», meldete sich der Italiener energisch zu Wort. Er trug einen dicken Silberring für Herren, auf dem ein Pferd zu sehen war.

Das Kind selbst saß leichenblass und starr neben Tigerauge und blickte traurig auf die Erwachsenen. Auf mich wirkte es wie eine Szene aus einem lächerlichen Laientheater, obwohl alles echt war. Ich war vollauf damit beschäftigt, mich an diesem Schauplatz zurechtzufinden, blieb stehen und sortierte die menschlichen Kräfte, die hier spielten.

«Il Cavallo» gab sich nicht geschlagen. «Trugen Sie überhaupt eine Brosche, Signora? Also, ich habe keine gesehen! Und ich hab einen scharfen Blick wie ein Adler!», forderte er das Tigerauge heraus.

Mrs. Lila für ihren Teil lehnte sich geschmeidig zurück und sagte trotzdem aufgebracht und mit spitzer Stimme: «Bestimmt stammt sie von einer dieser New Yorker Gangs, die aus Straßenkindern bestehen, die mit Messern herumlaufen und jeden abstechen, der zur falschen Zeit am falschen Ort ist. Passen Sie auf, vielleicht hat sie ein Messer!»

Ich gebe zu, ich sah keinerlei Zusammenhang, und diese unbarmherzige Bemerkung störte mich, denn das kleine Kind war etwa vier oder fünf Jahre alt und bestimmt noch gar nicht lange in der Lage, zwischen einem Messer und einer Gabel zu unterscheiden.

Eine Weile hörte ich dem lächerlichen Gezeter zu. Vernunft und Gefühlswallungen klafften in dieser Diskussion bald aufs Grässlichste auseinander, bis das Tigerauge mit irrem Blick die Hand gegen das Kind erhob, um dem kleinen Mädchen eine Ohrfeige zu verpassen. Zusammenzuckend drehte sich das Kind ab, als wollte es sich in eine Höhle verkriechen, und ich sah, wie es verängstigt seine kleinen Augen schloss.

«Halt!», rief ich, griff nach dem zittrigen Arm des Tigerauges und sagte mit gewaltiger Stimme: «Dieses Mädchen ist unschuldig, Herrschaften!»

Beschützend beugte ich mich über das Kind und tat so, als würde ich die alberne Brosche – sie war übrigens keinen Diebstahl wert – unter dem Sitz finden, indem ich sie aus meinem Ärmel in die Hand gleiten ließ. Geistesgegenwärtig und selbstgefällig sagte ich: «Hier ist sie doch! Wo haben Sie nur Ihre Augen?»

Ich fühlte mich erleichtert, nein, beinahe beglückt von der Vorstellung, diesem kleinen Wesen einen Gefallen getan zu haben. Deshalb zielte ich mit meiner nächsten Bemerkung besonders auf das Tigerauge und Mrs. Lila ab: «Schämen Sie sich nicht, ein unschuldiges Kind zu verdächtigen?»

Einige Sekunden herrschte betroffene Stille im Wagen, dann begannen wieder alle durcheinanderzusprechen. «Grazie a Dio!», rief Il Cavallo ausgelassen und erfreut. Aber auch der Schaffner, dem die Kontrolle über seine Fahrgäste beinahe entglitten wäre, hielt sich an seiner schweren Diensttasche fest und atmete tief aus: «Ich bitte Sie, Herrschaften, nehmen Sie jetzt alle wieder Ihre Plätze ein.»

Das alte Tigerauge wirkte in keiner Weise verständig. Silberne Haarsträhnen fielen ihr ins Gesicht, als sie misstrauisch auf das Fundstück hinunterblickte. Wie ein unerfreuliches Geschenk begutachtete sie die Brosche in ihrer Hand, die – nur nebenbei bemerkt – bereits schwarz angelaufen war. Sie presste ihre Lippen aufeinander. Trotzdem rang sie sich ein Dankeschön ab: «Sie sind ein Kavalier, ein Gentleman. Danke.»

Ich nickte nur kurz, weil ich die alte Frau überhaupt nicht ausstehen konnte. Dem Kind aber zwinkerte ich freundlich zu.

Das Mädchen erwiderte meine Aufmerksamkeit mit einem dankbaren, aber zurückhaltenden Lächeln und strich sich dann ihren Mantel glatt.

Zuvor war es mir nicht aufgefallen, aber jetzt sah ich, dass auf ihrem abgetragenen Kleidungsstück etwas befestigt war. Ich blickte genauer hin und entdeckte … eine 50-Cent-Briefmarke, wie sie sonst eigentlich nur auf Briefen klebten. Jemand hatte sie dem Kind wie ein kleines Abzeichen mithilfe einer Sicherheitsnadel angeheftet. Nur einen Moment lang verwunderte mich das, aber dann sagte ich mir, es gehe mich nichts an, und setzte mich wieder.

Eine andere Grübelei dominierte mittlerweile meine Gedanken: Weshalb hatte das Tigerauge ausgerechnet das kleine Mädchen beschuldigt, ihre Brosche gestohlen zu haben? Ein schmutziges Kind bürgte längst nicht für kriminelle Handlungen. Es lag auf der Hand, die Schuld bei einem der Erwachsenen zu suchen. Bei diesem aufbrausenden Italiener beispielsweise, der eitel zu sein schien und alle halbe Stunde seinen Kamm zückte, um damit sein pomadiges schwarzes Haar erst zu scheiteln und dann in den Nacken zu legen.

Das Tigerauge hätte nichts weiter tun müssen, als die Augen zu öffnen, um zu merken, dass der Wagen voller Gauner und schräger Vögel war. Da ich mich mit Leuten dieser Klasse auskannte, war mir das sogleich aufgefallen. Die zwei jungen Damen dort hinten am Ende des Gangs zum Beispiel mit ihren sparsam bestückten Hüten, dem ungepflegten Haar und den schmutzigen Rocksäumen. Die beiden flüsterten stets hinter vorgehaltener Hand und wirkten, als wären sie auf der Flucht vor ihren Ehemännern oder vielleicht sogar ihrem Zuhälter. Die eine trug auffallend viel weißen Puder auf ihrem Gesicht, aber ich sah trotzdem, dass ihr kürzlich jemand eine Ohrfeige versetzt hatte.

Vorsicht war geboten in einer Gesellschaft wie dieser, auch beim Schaffner übrigens, der mir suspekt vorkam mit seinem breiten Lachen und dem sonderbaren Zittern seiner Hände, wenn er die Tickets lochte.

Allein das kleine Mädchen, das inmitten dieser leicht gestörten, aufgeregten Gesellschaft saß, wirkte auf mich gesund, normal oder – wie soll man sagen? Kann ich das Wort überhaupt aussprechen? – liebenswert.

Kapitel 6

Das Herz eines Diebes

Inzwischen war es Mittag geworden, und das Sonnenlicht stürzte vom Himmel herab. Draußen sah ich, wie Eisvögel in einem Flüsschen nach Fischen tauchten, erblickte einen Angler auf einem silbernen See, der seine Rute in die Tiefe hielt. Und am Horizont erhoben sich dünne graue Rauchschwaden von einem Feuer über dem schneebedeckten Wald. Sie suchten ungestüm ihren Weg in die Atmosphäre.

Da, plötzlich – blind und taub für die Schönheiten der Landschaft und ohne jemanden zu fragen – verschloss Mrs Lila mit einem Ruck die dunklen Vorhänge am Zugfenster, weil sie vermutlich um ihren Teint fürchtete.

Ich kämpfte mit hochkochendem Groll, wurde aber abgelenkt durch die übrigen Fahrgäste. Wie auf ein geheimes Kommando hin begannen sie nämlich gerade alle ihre Sandwiches auszupacken. Es duftete erst zart, dann herrlich durchdringend nach gebratenem Speck, frischen Brötchen und allerlei Eintöpfen. Und als dann von irgendwoher auch noch eine Brise wunderbar duftenden Kaffees in meine Nase strömte, überkam mich endgültig der Hunger.

Selbst der alte Mann, der mir schräg gegenüber nun umständlich eine Suppe in einer alten Tasse auspackte – weiß

Gott, wie er diese Hühnerbrühe transportiert hatte –, begann unterdessen genüsslich zu schlürfen. Mein Magen knurrte unzufrieden, und ich verfluchte mich, da ich vor dem Einsteigen in den Zug vergessen hatte, am Bahnhof irgendetwas Essbares zu kaufen.

Die Kantinen-Stimmung im Wagen beobachtend, sah ich im Augenwinkel, wie ein korpulenter Mann im Mittelgang sich nach einem Koffer ausstreckte, den er wohl zu Beginn der Fahrt mit Ach und Krach in das Netz über den Sitzplätzen gestopft hatte. Nun kam ihm der schwere Koffer – rumms! – entgegen, und er begann laut zu schimpfen. Zur gleichen Zeit fuhr der Zug eine starke Kurve, so dass der Mann ins Taumeln geriet, sich nicht mehr halten konnte und rücklings in Richtung des kleinen Mädchens fiel.

«Mist noch mal!», rief er überrascht und landete, nachdem er schwer und dick wie ein Medizinball an mehreren Stellen aufgeschlagen war, auf dem Boden.

Das Mädchen rieb sich den Kopf und hatte offenbar eine echte Schlagseite abgekriegt. Sonderbarerweise hielt sie dem voluminösen Kerl trotzdem ihre Hand hin und machte ernsthaft Anstalten, ihm beim Aufstehen zu helfen.

Doch der dicke Mann kam nicht mehr auf die Beine. Er tummelte sich hilflos zu den Füßen der Fahrgäste, was den Pomadenhengst und meine Wenigkeit ins Spiel brachte: Wir halfen ihm, langsam, aber effizient auf die Beine zu kommen. Immerhin hörte er auf zu murren und zu fluchen. Ich gebe zu, der Mann ließ sich nicht gerade leicht aufrichten. Er ächzte und stöhnte, doch seinen Koffer wollte er bei dem Ganzen partout nicht aus der Hand geben.

«Geht es, Sir?», fragte ich laut und deutlich.

«Danke, danke!», stieß er hervor, und sein schwerer, keuchender Atem übertönte alles.

«Soll ich vielleicht Ihren Koffer wieder zurücklegen?», fragte ich bemüht freundlich.

«Um Himmels willen, nein!», schrie der Mann rotköpfig und unbeherrscht und riss das Leder eilig an sich. «Darin ist mein Essen!»

Mehrere innere Wecker schlugen in meinem Kopf Alarm. Mir war gleich alles klar: In diesem neuen Koffer aus glänzendem Leder befand sich ganz sicher noch mehr als ein massiges Schinkensandwich. Meine diebische Spürhundnase bebte und glühte.

Ungelenk setzte sich der Mann wieder auf seinen Platz und wirkte weiterhin außer sich. Das Mädchen indessen blickte ihn still und traurig an, was ihn offenbar noch mehr aus der Fassung brachte. «Und du, kannst du nicht einfach aufpassen, du dummes Gör?!», fauchte er sie an.

Seine Worte ignorierend, malte ich mir aus, wie ich an das Innere dieses Koffers kommen konnte.

Ich musste mich nicht allzu lange gedulden, denn der mittlerweile stark verschwitzte Mann öffnete nun das Gepäckstück mit den breiten Riemen. Vorsichtig kramte er unter weißer, ordentlich zusammengefügter Wäsche und einem Paar schwarzer Socken eine in Wachspapier eingewickelte Wurst heraus, ein Stück Schwarzbrot und dazu eine schöne, aber krumme Karotte.

Diese Dinge interessierten mich natürlich nicht ansatzweise so sehr wie das, was ich neben seinen ordentlich gefalteten Socken entdeckt hatte: In dem Augenblick nämlich, als der Mann, dessen Augen wässrig hellgrün schimmerten, seine kurvenreiche, knorrige Karotte auspackte, sah ich zwischen der Fußbekleidung ein schwarzes samtenes Säckchen, das meine Innereien aufjubeln ließ. Für mich sah das nach Juwelen aus, und ich bemühte mich, mir die Freude darüber nicht anmerken zu lassen, während der dicke Mann wie ein Heckenschütze mit argwöhnischen Blicken um sich schoss. Nur langsam kehrte Ruhe in sein aufgescheuchtes Herz ein, und nach ein paar Minuten rang er sich dann tatsächlich noch zu ein paar versöhnlichen Worten durch «Na», sagte er mit belegter Stimme zum kleinen Mädchen, «sitzt wohl auch nicht gerne so lange im Zug rum, mhh?!»

Als ausgefuchster Langfinger, der jede Gelegenheit nutzte, Dinge an sich zu bringen, die einem nicht gehörten, schmunzelte ich derweil vergnügt in mich hinein. Die Bemerkung des Friedensrichters, im Süden herrsche Lynchjustiz, war längst vergessen. Das wird eine wirklich erfolgreiche Reise werden, sagte ich zu mir, und deshalb freute ich mich plötzlich riesig darüber, an diesem Morgen derart früh mein weiches Bett verlassen zu haben.

Das kleine Mädchen aber, das weiterhin still auf seinem Platz saß, blickte einfach aus dem Fenster und reckte ab und zu den Hals, um besser sehen zu können. Auf der Glasscheibe lag ein Hauch von weißem Nebel, denn die Leute atmeten und schwitzten, und die Außenluft war kalt. Aus heiterem Himmel stand die Kleine auf, bahnte sich einen Weg zum nächsten Fenster und begann, lustige Männchen auf die Scheibe zu malen, große und kleine und ein Männchen mit wuchtigen Ohren. Glücklich stand sie vor den Figuren, die sie soeben erschaffen hatte, und redete sie zärtlich an. Ihre schmutzigen Fingerchen, die bestimmt noch kürzer als ein Zündholz waren, dünn und abgemagert, legten sich wie der tröstende Arm einer Mutter auf die Figuren.

Ich war erstaunt über ihre liebevolle, fürsorgliche Art, ja es berührte mich sogar unangenehm, denn es handelte sich ja nur um gezeichnete Köpfe, Arme und Beine, die schief von einem gemalten Strich abstanden. Strichmännchen eben. Das Mädchen plauderte, schwatzte und referierte mit ihren Figuren, ihr kleines kieksendes Stimmchen flog durch die Luft und erreichte mich nur in winzigen Stücken. Aus Neugierde und fasziniert beobachtete ich sie eine Weile.

Plötzlich, und es war wie eine Eingebung, erkannte ich mit Bestürzung im Verhalten dieses spielenden Kindes ein Wesen, das nie ein rechtes Spielzeug in der Hand gehalten hatte.

Glauben Sie mir, auch ein Dieb hat so was wie ein Herz, es war mir damals allerdings für lange Zeit abhandengekommen, weil mich die Gier gefangen hielt. Wie soll ich es genauer beschreiben? Rückblickend kann ich sagen, dass ich nur ein knorriger Wurzelstock war, aus dem nie etwas herauswachsen konnte, weil dem Gewächs das Licht und das Wasser fehlte. Nun aber, in diesem Augenblick, tat mir die Brust weh, dort, wo das Herz sein soll, genau hier, sehen Sie, und es fühlte sich an, als bohrte sich ein feines Gerät in das mit Blut gefüllte Organ, das mich zuckend und pochend am Leben erhält.

Ich ließ das Mädchen nicht aus den Augen. Sie drückte ihre Nase auf die Scheibe, und wir sahen beide eine kleine

Stadt an uns vorbeirauschen. Die Stadt leuchtete hell im Sonnenlicht und verströmte eine besondere Atmosphäre, die im krassen Gegensatz zur Stimmung im Wagen stand, denn wenn man sich dort umschaute, sah man vor allem Leute, die herumraunzten und schimpften, mit abfälligen Bemerkungen glänzten und sich damit aufhielten, sich über Dinge zu enervieren, die für niemanden von Interesse waren.

Trotz allem war ich immer noch ein Dieb. Meine Beute lockte mich wie der Honig den Bären. Also schweifte ich erneut ab vom Leid des Kindes und richtete mich wieder auf meine Beute aus. Ich tastete mit meinen Augen den Wagen ab und fand den Mann, der gerade mit Genuss einen Bissen von der Wurst nahm, dann ein Stück Brot in den Mund nachschob und das Ganze mit einem Happen Karotte vervollständigte.

Kapitel 7
Lebendware

Unvermutet beschlich mich jedoch ein merkwürdiges Gefühl. – Mir wurde regelrecht übel! Mir war, als stünde ich mir selbst im Rücken und sähe mir streng über die Schulter. Alles begann sich augenblicklich zu trüben, die Diamanten verloren ihren Glanz, den ich eben noch vor Augen gehabt hatte.

Innerlich entzweit, entrüstete ich mich über mich selbst. Über meine Dummheit, mich von einem winzigen Kind von meinen Diebesplänen ablenken zu lassen.

Doch gleichzeitig war da eine Leere in mir.

Dann machte ich mir wieder Vorwürfe, sagte verbittert zu mir selbst: Was bist du nun? Ein Dieb oder ein verdammter Samariter?

Die Tatsache, dass das Mädchen allein zu sein schien und nicht einmal einen Beutel mit Esswaren bei sich trug, bereitete mir Kopfzerbrechen. Sie machte einen hungrigen Eindruck, schien auch durstig zu sein. Wenn ich mich an etwas aus meinem Kinderleben erinnerte, war es diese Tatsache: Kinder sind immer hungrig. Damals, als ich mit meiner Mutter mit der Postkutsche ihre Cousinen in Haven besucht hatte, gab es immer etwas für den Gaumen: Schweineschmalzbrötchen, leckere Dörrzwetschgen und süße Äpfel, eingelegte Gurken, frischen Tee. Ich hielt es einfach nicht länger aus, dieses Kind hungrig zu sehen. Deshalb erkundigte ich mich kurzerhand:

«He, Kind!», rief ich durchs Abteil.

Dem bauchigen Mann fiel vor Schreck die Karotte in seine Blechtasse mit Kaffee.

«Hast du was zu essen dabei?»

Das Mädchen sah mich erstaunt an und drehte den Kopf zur Seite, als wünschte sie, noch mehr zu hören.

«Nein, Sir», sagte sie, und ihre dünne Stimme kam kaum bei mir an, denn das Rumpeln und Zirren der Wagenräder war laut und tauchte alle Geräusche in ein lärmendes Meer.

Normalerweise lasse ich mich nicht auf solche Spielereien ein, aber dieses Kind und seine Hilflosigkeit hatten es mir angetan. Unter Umständen war es aber auch die Gleichgültigkeit der Frau neben der Kleinen, die mich verrückt machte. Oder die Schlingerei des behäbigen Herren, der eigentlich sehen sollte, dass er nicht der einzige Mensch im Wagen war, der über einen gesunden Hunger verfügte.

«Bist du hungrig?», fragte ich das Kind.

Es nickte, und mich ergriff Mitleid.

Ich erkannte, dass sich in diesem Wagen niemand bemüßigt fühlte, dem Kind etwas zu essen zu geben.

«Dann werde ich dir was holen!», sagte ich zu den anderen Fahrgästen, um sie zu ärgern.

Der dicke Mann – oder «Muffy», wie ich ihn nannte, weil er eindeutig etwas von einem Muffin hatte – wandte sich mit seiner Vesper beschämt ab.

Ich erhob mich und schlenderte zum Speisewagen, in dem

weitere Herrschaften saßen: vornehme Damen in Seidenkleidern mit Federn im Haar, Herren mit Zylinder und Zigarre, glänzend und nobel gekleidet, gut rasiert, ihr Geruch jedoch penetrant. Ich setzte meinen schärfsten Blick auf und begab mich zu einer kleinen schwarzen Theke, die mit allerlei Speisen beladen war: Schokoladenkekse, Kuchen, Sandwiches mit üppiger Füllung. Ein gelangweilter schmaler Kellner mit rotem Haar blickte mich über den Rand seiner Brille prüfend an und fragte: «Wünschen der Herr etwas zu trinken?»

«Ich wünsche … eine Speise für ein Kind.»

Der Kellner sah mich missmutig an, deutete mit seiner behandschuhten Hand auf die Auslagen und zuckte mit den Augenbrauen.

«Ich nehme ein Schinkensandwich», sagte ich beinahe fragend – welches er mir danach galant auf einem Teller servierte. Ohne mit der Wimper zu zucken, bezahlte ich den überteuerten Preis von 75 Cent und trug das Essen für das Kind in den Nachbarwaggon.

Die Augen des Mädchens leuchteten, als ich ihr das Sandwich anbot. Ihre kleinen Hände streckten sich und griffen nach dem Essen, während ich mich ihr gegenüber auf einen frei gewordenen Sitz fallen ließ, mein hüpfendes Herz geflissentlich ignorierend.

Sie aß langsam und bedächtig, so, als hätte sie gar keinen Hunger. Dann wischte sie sich den Mund mit ihrem Ärmel ab.

«Sie sollten das nicht tun», sprach das Tigerauge mit der Brosche enerviert. «Man soll mit Almosen kein Gesindel heranzüchten!», murrte sie.

Der Friedensrichter, der sich schlafend gestellt hatte, nickte ihr für einen Schlummernden äußerst wach zu.

Mir war klar, dass ich auf diese Bemerkung nicht antworten durfte, obwohl ich es mir kaum verkneifen konnte. Ich hatte mich vor vielen Jahren dazu entschieden, mit Klugheit und Selbstbeherrschung meinen Beruf als Betrüger auszuüben, und ich wusste, dass mich auch nur die geringfügigsten Fehler hätten verraten können. Es bedurfte eiserner Willenskraft und stahlharter Nerven, die Leute im Glauben zu lassen, ich wäre ein ehrenwerter Mann. Deshalb beließ ich es bei einem eiskalten Nicken, während ich innerlich kochte vor Wut über die abfällige Bemerkung der Dame.

Erneut kam der Schaffner in den Wagen und sprach mit dem einen oder anderen Passagier, nestelte in seiner Tasche und kratzte sich am Kopf. Auf seiner Jacke las ich den Namen «Young».

Jemand öffnete das Fenster, und ich war froh, dass ein wenig frische Luft in den Waggon drang. Mister Muffys Edelsteine schwebten mir vor Augen, und ich zermarterte mir weiterhin den Kopf darüber, wie ich es anstellen könnte, an die Steine zu kommen. Muffy kaute immer noch an seinen Mitbringseln und erzählte eine Geschichte. Allerdings hatte ich keine Lust, zuzuhören, denn ich heckte ja meinen vermeintlich klugen Plan aus. Ein Diebstahl musste nach Plan ablaufen; alles andere wäre unbesonnen gewesen. Ich hatte keine Lust auf Gefängnis, das hätte ich nicht ausgehalten. Mein Cousin Ron – ich nannte ihn seit unserer Kindheit «Ronny» – hatte mir vom New Yorker Zuchthaus «The Tombs» berichtet, und dort wollte ich sicher nicht landen …

Nebenbei versuchte ich mit dem kleinen Mädchen ein Gespräch anzufangen. Aber sie schien nicht bereit, von sich zu erzählen, sondern sagte irgendwann lediglich ernst, mit dünner Fistelstimme und wie zu sich selbst: «Ich weiß nicht, wie lange ich noch im Zug fahren muss.»

Aus der Nähe erblickte ich die entsetzlich schmutzige Schürze, die sie unter ihrem Mantel trug. Auch um ihre Nase hatten sich hässliche schwarze Streifen gelegt. Ich nahm an, das Mädchen hatte noch nie einen anständigen Waschraum von innen gesehen.

«Wie ist denn dein Name, Kleine?», fragte ich mit schiefgelegtem Kopf.

Keine Antwort.

Nun wurde ich aber doch ungeduldig. «Hey, wer begleitet dich eigentlich?», wollte ich wissen.

Da sagte das Kind mit großen fragenden Augen und unsicherer zerbrechlicher Stimme: «Ein Mann mit einer großen Tasche.»

Sie strich sich mit den kleinen Händen, deren Fingernägel tiefschwarze Ränder aufwiesen, die Müdigkeit aus den Augen und gähnte. Ich hatte damals nur wenig Ahnung vom Wesen eines Kindes, obwohl ich selbst einmal eins gewesen war. – Wie schnell man seine eigene Kindheit vergisst! – Trotzdem fühlte ich, wie mich die Aussage des Kindes rührte. Ein Kind von irgendeinem «Mann mit Tasche» erzählen zu hören und nicht etwa von seiner «Mommy» oder seinem «Dad», war seltsam. Ist das kleine Kind vielleicht ein Opfer von Menschenhandel geworden?, überlegte ich.

Ich stand auf und begann, mich bei den Fahrgästen nach dem Begleiter des Mädchens zu erkundigen. Alle schüttelten unbeteiligt den Kopf. Niemand hatte den Begleiter auch nur im Augenwinkel ausgemacht. Weder das Tigerauge, der Friedensrichter noch Muffy konnten mir Auskunft geben. Nur eine junge Dame mit schwarzem lockigem Haar – sie war etwa zwanzig Jahre alt – sagte zu mir: «Ich glaub, das Mädchen wird von einem Postboten begleitet.»

Mir fiel ein Stein vom Herzen. Die Frau mit den lebendigen Augen, dem blassen Teint und einem grünen Kleid, dessen Halskrause eng anlag, sah mich freundlich und interessiert an. Ich erlaubte mir deshalb noch eine weitere Frage: «Sie wissen nicht zufällig, wo er sich aufhält?»

Ernst schob sie ihre Augenbrauen zusammen und antwortete: «Tut mir leid, Sir, ich weiß es nicht.»

Ich ließ mich an Ort und Stelle auf dem erstbesten freien Platz nieder und setzte in Gedanken das Puzzle zusammen: Das Kind trug eine Briefmarke am Mantel und war in Begleitung eines Postangestellten? – Potzblitz! Hatte tatsächlich jemand dieses kleine Geschöpf als … Paket aufgegeben?! Greg Farrol, mein Freund bei der Post, hatte vor kurzem davon gesprochen, dass ab diesem Jahr wohl theoretisch auch Lebendware verschickt werden könne. Aber ich hatte geglaubt, er erlaube sich einen Spaß!

Lange hielt ich mich mit diesem Gedanken nicht auf. Ich bemerkte nämlich bei einem Blick neben mich, dass meine neue hübsche Sitznachbarin mich interessiert beäugte. Sie trug einen ungewöhnlichen dunkelgrünen Hut mit glänzender, schwarzer Hutkrempe – und sprach mich an: «Malen

Sie, Sir?», hörte ich sie sagen, und dabei strich sie sich neckisch eine Locke hinters reizende Ohr.

Ich nickte bereitwillig.

«Wenn Sie erlauben, Sir, dann möchte ich Sie um eine Zeichnung bitten.»

«Natürlich, nichts lieber als das!», sagte ich galant und griff nach meinem Zeichenblock.

Um die junge Dame in ihrer ganzen Pracht zeichnen zu können, bat ich eine andere Lady, den Platz mit ihr zu tauschen. Unwirsch und sichtlich unzufrieden setzte sie sich um und schlug mit ihrer kleinen Handtasche einem alten Mann an den Kopf, ohne sich für das Versehen zu entschuldigen. Indessen begann ich mit der Zeichnung. Mit ihrem schwarzen Haar und den schönen Lippen erinnerte sie mich an jemanden – mir fiel nur nicht gleich ein, an wen. Ich achtete darauf, sie nicht allzu alt wirken zu lassen, was bei einer Zeichnung schnell einmal geschieht. Alte Menschen zu zeichnen ist leicht, aber junge nicht, denn jeder überflüssige Strich lässt ein Porträt altern.

Während ich den Stift über das Blatt fliegen ließ und schwungvoll die hohen Wangenknochen der jungen Dame einfing, blitzte die Erinnerung in mir auf, und ich wusste wieder, an wen sie mich erinnerte. Das Lächeln erstarb mir auf den Lippen.

Ich hatte mal eine Bekannte, die meinem Zeichenmodell hier ähnlichsah. Ihr Name war Sally, und sie war nach außen hin ganz umgänglich, aber wenn es ums Geld ging, kannte sie keine Gnade. Nachdem sie sich viele Jahre lang mit Betrügereien über Wasser gehalten hatte, war ihr nach der Geburt ihres ersten Kindes die Idee gekommen, ihr Glück in einem neuen «Beruf» zu suchen.

Heute denkt man bei der Bezeichnung «Engelmacherin» an Hebammen, die Abtreibungen vornehmen, aber zu meiner Zeit waren Engelmacherinnen vor allem dafür bekannt, dass sie uneheliche Pflegekinder aufnahmen, ohne viele Fragen zu stellen. Dabei hatten sie kein Interesse daran, diese Kinder auch anständig zu versorgen. Es ging ihnen lediglich um das Pflegegeld, das sie pro Findelkind kassierten. Ob das kleine Geschöpf bei ihnen überlebte oder nicht, war ihnen völlig egal.

Voller Stolz zeigte mir Sally damals in der Tür ihren eigenen Sohn, der gut genährt war und ein rosa Gesichtchen hatte. Er war sechs Monate alt, aber das größte Kind im Raum. Die anderen waren älter, zwei oder drei Jahre vielleicht. Jedenfalls sahen sie dürr aus, die lumpigen Kleidchen hingen an ihnen herunter. Anfangs waren sie schüchtern und versteckten sich hinter einem alten Schrank, später aber suchten sie meine Hand und hielten mich fest. Der eine zog an mir herum, ich glaube, er wollte Süßigkeiten von mir. Ich trug ein wenig Lakritze bei mir und verschenkte sie an die Kinder.

Ich konnte mir an jenem Tag eine Bemerkung nicht verkneifen. «Sally», sagte ich zu ihr, «findest du nicht, dass die Kleinen ein wenig zu dünn sind?»

Verstehen Sie, weshalb ich das erzähle? In den Augen vieler Eltern und Erwachsenen waren Kinder damals eine Bagage, die lästige Zugabe einer leidenschaftlichen Nacht. Außer natürlich, jemand lebte in sicheren Verhältnissen. Im Amerika von damals allerdings war nichts, absolut gar nichts sicher. Nicht selten wurden Neugeborene einfach vor Waisenhäuser gelegt oder direkt zu Engelmachern gebracht, um dort weitervermittelt zu werden. Ein schreckliches Business war das, kann ich Ihnen sagen. Auch meine Freundin Sally war ein Biest: Ihr eigenes Kind war pummelig und gesund, sog zufrieden an seiner dicken Faust, während alle anderen Kinder, die sie für Geld aufgenommen hatte, hungerten und um meine Lakritze stritten. Ich empfand Abscheu und Wut – aber mit meinen zwanzig Jahren fehlte es mir damals an Mut, den armen, hilflosen Geschöpfen zu helfen.

Kapitel 8
Besser kein Gewissen als ein schlechtes

Die Zeichnung gelang mir ausgezeichnet! Das Gesicht der Dame wirkte am Ende nicht alt, höchstens vielleicht etwas streng. Ich fühlte, dass mir das Bild gelungen war, deshalb fing ich auch die Umgebung mit ein: Schultern, Taschen und Koffer mit dicken Messingschnallen erschienen nacheinander auf meinem Zeichenblock. Ich ließ meinen Blick über all diese Dinge fliegen. Dabei blieb ich erneut bei dem Kind hängen, das einsam auf das Ende seiner Reise wartete. Zum zweiten Mal zeichnete ich es, diesmal in weichen Umrissen, nur andeutungsweise, eigentlich bloß als Teil des Hintergrunds.

Das Pfeifen des Zuges riss mich aus meinem Tagtraum, und die junge feine Dame wandte sich aufgeregt an mich: «Würden Sie so freundlich sein und mir das Bild verkaufen?», fragte sie äußerst höflich und lächelte mich mit ihrem umwerfenden Mund an.

Gerade, als ich ihr versichern wollte, dass ich bestimmt zwei Dollar dafür haben müsste, was ein unverschämter Preis war, hielt ich inne. Nachdenklich begutachtete ich die Zeichnung auf meinem Schoß, die mir immer besser gefiel. Und dafür gab es nur einen Grund: Weder die junge Frau noch ihre exquisite Mundpartie konnten mich derart fesseln wie dieses Kind. Ich hatte es auf meiner Zeichnung kunstvoll in kleinen, feinen Strichen wiedergegeben. Sie werden mir nicht glauben, und ich bin mir sicher, Sie halten mich für verrückt, aber dieses Kind, das auf dem Papier nur aus wenigen Strichen bestand, verwandelte sich dort geradezu in ein lebendiges Wesen.

In Gedanken versunken bemerkte ich erst Sekunden später, dass ich die Zeichnung in seine Richtung gehalten hatte, um mein Können mit seinem Antlitz zu vergleichen. Ich erschrak über die Ähnlichkeit des Kindes mit meiner Zeichnung.

«Ich biete Ihnen vier Dollar», sagte die junge Dame und riss mich mit ihrem Angebot aus meinem schillernden Tagtraum. Und obgleich ich nie zu schüchtern war, Geld anzunehmen, ja geradezu versessen auf alles war, was glänzte und glitzerte, verweigerte ich der jungen Lady, was sie sich wünschte.

Ich wollte diese Zeichnung behalten. Basta!, wie die Italiener sagen. Unumstößlich war mein Entschluss, und ich entschuldigte mich bei der schwarzhaarigen Schönheit, die enttäuscht, ja beinahe entrüstet aufstand und verschwand.

Derweil betrachtete ich weiter meine Zeichnung. Obwohl mir die Schultern, der Mund vielleicht, aber auch die Stirn des kleinen Mädchens nicht besonders gut gelungen waren, gefiel mir, was ich sah. Das Gesicht als Ganzes war umso schöner, sanfter, die Augen besaßen eine Tiefe, eine Lebendigkeit, die dem Antlitz des Kindes durchaus entsprachen. Mir war noch nie eine Zeichnung so gut gelungen.

Als hätte mich eine giftige Schlange gebissen, fiel mir da ein, wie ich nun doch an Muffys Diamanten gelangen konnte. Ich redete mir Folgendes ein: Wenn ich nur auf dem Platz des Kindes säße, wäre ich schon näher bei dem reichen Diamantenbesitzer. Natürlich bräuchte man ein Ablenkungsmanöver, um die Steinchen zu stehlen … Ich könnte mit Muffy Karten spielen – auf Black Jack verstand ich mich hervorragend – und ihn auf diese Weise zerstreuen. Ein kurzer Blick auf meine tickende Uhr sagte mir, nur noch wenige Stunden bis zum Einbruch der Dunkelheit.

Ich stand auf und stellte mich vor das Kind: «Möchtest du dich nicht neben die nette Frau da vorne setzen, die hat vielleicht Süßigkeiten, und wer weiß, vielleicht überlässt sie dir auch ihren Fensterplatz?»

Das Mädchen tat unbeteiligt, sie sah mich an, dann wieder weg. Deshalb hielt ich ihr meine Hand hin. Plötzlich legte sie ihr Händchen in meine Pranke und sprang von der Sitzbank, die für sie ziemlich hoch war. Ihre Hand war warm. Ich begleitete sie hinüber zum Sitzplatz neben der Dame.

«Danke», sagte das Mädchen leise.

Sogleich ging ich hinüber und setzte mich auf ihren Platz.

Das Tigerauge, das vorhin das arme Kind beschuldigt hatte, ihre Brosche gestohlen zu haben, sagte mit krächzender Stimme: «So sind wenigstens meine Sachen sicher.»

Ein ernstes Nicken des Friedensrichters bestätigte sie in ihrer Annahme.

Ich dachte: Die hat ja keine Ahnung! Aber mir war es recht. Muffy saß nun genau mir gegenüber auf der anderen Seite des Gangs. Ich hatte die Sache also gut eingefädelt und begann, Hoffnung zu schöpfen.

«Wissen Sie», begann das Tigerauge neben mir, das sich jetzt eine Strähne aus dem Gesicht strich, «mir hat mal eine

Kinderbande mitten auf der Straße die Handtasche gestohlen. Sie kennen doch diese Kinder, die auf der Straße leben und die Leute belästigen. Ein lästiges Pack ist das, sage ich Ihnen. Bestimmt gehört das Mädchen auch dazu. Deshalb ist sie auch allein. Bestimmt hat sie auch das Zugticket gestohlen.»

«Nein, Ma'am», sagte ich etwas ungeduldig, «das Mädchen reist als Postpaket.»

«Wie bitte?»

«Sehen Sie denn nicht? Sie trägt eine Briefmarke auf ihrem Mantel.»

«Also so was! Das ist doch eine Frechheit. Müssen diese verlausten Kinder jetzt nicht einmal mehr ein Ticket bezahlen?»

Ich war etwas unschlüssig, was ich von der Dame halten sollte. Sie hatte weiße Hände, die nicht nach Arbeit aussahen. Allerdings saß sie in der zweiten Klasse, war also auch nicht gerade eine Dame von Welt. Die wirklich Reichen saßen in der ersten Klasse, die so teuer war, dass sich das kaum jemand leisten konnte.

«Ich bin erleichtert!», sagte die Alte überschwänglich zu mir.

Ich nahm ein Stück Kautabak in den Mund, der würzig und scharf schmeckte. «Wieso, Ma'am?», fragte ich sie und kaute genüsslich darauf herum.

«Weil Sie wie ein Gentleman wirken.»

Vergnügt legte ich die Hände über meinen Bauch und schloss die Augen, damit mich das Tigerauge in Ruhe ließ. Aber sie schwatzte unaufhaltsam weiter. Sie erzählte mir von ihrer Tochter, die den braven Sohn eines Bankdirektors geheiratet hatte. Dieser habe während der Hochzeit so viel getrunken, dass er auf dem Tisch eingeschlafen sei!

Ihre Geschichten interessierten mich nicht. Deshalb schlief ich irgendwann tatsächlich ein, bis ich aufwachte, als Schaffner Young die Kerzen im Waggon entzündete. Sie leuchteten hell und warfen ein angenehmes Licht auf uns.

Da entdeckte ich ihn endlich: Der Postbote kniete vor dem kleinen Kind. Sein sandbrauner Anzug zerknittert, darunter eine enge Weste in derselben Farbe, fünf Knöpfe aus braunem Horn, Fingerabdrücke auf der speckigen Ledertasche. Er hatte einen zottigen Bart und trug den Hut mit den Adlerschwingen der Postgesellschaft. An seinem agilen, sehnigen Körper hing alles schief herunter: der Hut, die Tasche, sein Kragen. Er kniete vor dem Mädchen und hielt ihr etwas vor die Nase, das in Papier eingewickelt war. Es sah aus wie ein Stück Kuchen. Das Mädchen schien erleichtert über das Angebot. Sie nahm es nickend entgegen, mochte aber nicht lächeln. Langsam knabberte sie am Zuckergebäck, nahm einen Bissen, danach noch einen, und kaute konzentriert.

«Hey!», rief ich dem Postboten zu und machte ihm ein Zeichen, er solle herkommen. «Beweg dich mal hierher! Move!» Der Mann erhob sich unverzüglich und kam eilends zu mir herüber. Überall dort, wo Damen Platz genommen hatten, tippte er höflich an seinen Hut. Sein Gesicht war ungewaschen, und er roch nach Schweiß. Sein langes dunkles Haar flog um den schmalen Kopf, er hatte eine Narbe über dem linken Auge. Er wirkte gelassen, ja beinahe ein wenig schläfrig.

Leicht ungehalten fragte ich ihn: «Tell me, weshalb reist du mit diesem Mädchen durch halb Amerika?»

«Das Mädchen kommt aus einem Waisenhaus in New York City, aber die haben keinen Platz mehr. Deshalb wird sie in ein anderes Waisenhaus verschickt», sagte er beiläufig, als handle es sich um den Transport von Melonen.

Ich konnte es nicht fassen, dass wir tatsächlich von einem Kind sprachen, das von Erwachsenen achtlos mit dem Zug von einem Ort zum anderen verschickt wurde. Empört und wütend kämpfte ich mit meinen Gedanken. Wie konnte jemand, der einen Kopf und ein Herz besaß, nur so was tun? Der Postbote schien sich jedenfalls nicht daran zu stören. Ich musterte ihn mit zusammengekniffenen Augen, um meine Empörung auszudrücken, aber er schien meine Aufregung nicht einmal zu bemerken.

«Neuerdings kann jeder per Post Pakete verschicken, ja, sogar so viele er will», meinte er begeistert. «Solange das Maximalgewicht nicht überschritten wird, steht nirgends geschrieben, dass es sich bei dem Paket nicht auch um ein Kind handeln darf.»

Verstört begann ich nachzuforschen: «Und wie heißt das Waisenhaus, das das Mädchen wegschickte?»

«No idea, Sir, ich weiß nur, wo es hingebracht werden muss, nämlich an die Central Station in Santa Fe, New Mexico.»

Er sprach schnell, eilig, als wolle er alles hinter sich bringen, blickte zu Boden. Nach und nach schien seine Begeisterung für die herrlichen Errungenschaften der Post zu schwinden, und ich erkannte, wie sein Äußeres mit jedem weiteren

Wort weiter erstarrte, als hätten ihn seine eigenen Worte wachgerüttelt.

Ich begann Partei für das Mädchen zu ergreifen, sah den Typen mit durchdringendem Blick an und schleuderte ihm ungehalten entgegen: «Aber das ist keine Rinderhälfte, auch kein Holzscheit oder ein Schaf, sondern ein Kind, Mann! Lebendware! Got it?» Ich bemerkte in meiner Stimme ein leichtes Vibrieren. Mit der Hand deutete ich auf das kleine Wesen.

Der Postbote kratzte sich unter dem Hut. «Ja, ist mir auch bekannt, allerdings, sehr schwierig.»

«Wie ist ihr Name?», herrschte ich ihn an.

«Andreas», sagte er verdutzt.

«Nein, Mann, nicht Ihr Name, sondern der des Mädchens!», gab ich fordernd zurück.

«Wie heißt du?», fragte Andreas das Mädchen quer durch den Waggon.

Das Kind schwieg.

Ratlos zuckte Andreas mit den Schultern.

Ich packte ihn an seinem zerknitterten Kittel, bat eine Dame, auf das Kind aufzupassen, und schleppte Andreas aus dem Waggon nach draußen. Es begann zu regnen, und ich drückte ihn gegen die Wand, sagte:

«Wofür hältst du mich? Für einen Vollidioten?»

Verdattert forderte er mich auf, ihn loszulassen.

Ich dachte nicht daran. «Weißt du eigentlich, was du hier tust? Na los, sag schon!»

Andreas wirkte verängstigt, er zog den Kopf ein, senkte den Blick, drückte mit seiner rechten Hand gegen meine, um Luft zu bekommen.

Jetzt schrie er plötzlich verzweifelt: «Ich habe keine Ahnung, was hier los ist! Ich muss das Kind im Zug begleiten, mehr nicht. Es wird offiziell zusammen mit anderen Paketen, die sich drüben im Gepäckwaggon stapeln, verschickt. Sie haben ja gesehen, dass ich nicht einmal seinen Namen erfahren habe. Ich habe schon drei andere Kinder von einem Ort zum anderen gebracht. Deren Namen kannte ich auch nicht. Das machen wir von der Post jetzt eben so. Die Eltern, Großeltern oder Leute von der Waisenhausleitung bezahlen 50 Cent, wir heften eine Marke auf die Ware und nehmen die Kinder mit. Das gehört zum Service.»

Das Wort «Service» provozierte mich. Aus diesem Grund fixierte ich seine verängstigten Augen und schrie ihm ins Gesicht: «Und haben Sie die anderen Kinder auf der Reise auch verhungern lassen?»

Der Postbote mit Namen Andreas konnte sich nicht mehr zurückhalten, seine zornigen Augen blitzten mich an, und er verwandelte sich in einen rachsüchtigen, unbequemen Leviatan. «Irgendjemand im Zug hat immer was zu essen für ein Kind dabei, verdammter Dandy!» Er schlug meine Arme zurück, fiel gegen die Wand und sackte keuchend in sich zusammen.

Ich hob die Arme, zeigte ihm meine Handinnenflächen, wollte ihm damit bedeuten, dass ich ihn in Ruhe lasse. Trotzdem blickte ich ihn erbittert an.

«Das Mädchen hat Durst. Haben Sie Wasser für die Kleine?»

«Nein, ich habe nicht einmal für mich etwas dabei», herrschte er mich ungehalten an. «Und wir müssen vier Tage mit dem Zug reisen …»

Er wollte sich umdrehen und weggehen, aber ich hielt ihn mit einer Hand am Arm fest.

«Verdammt, sie reist durch halb Amerika und hat nichts zu essen dabei?»

«Ja», gab Andreas eingeschüchtert zur Antwort, öffnete die Tür und verschwand so schnell er konnte im Wagen.

Erschüttert blieb ich zurück.

Das ist doch nicht möglich, dachte ich. Ein Kind, das allein durch die halbe Welt verschickt wird! Gibt es überhaupt Gerechtigkeit in dieser Welt? Und muss tatsächlich ich mich darum kümmern? Das Stimmengewirr in meinem Kopf wurde leiser, bis ich mich Folgendes sagen hörte: «Lieber nicht hinsehen, Eliott. Besser kein Gewissen als ein schlechtes.»

So etwa in der Art spielte es sich ab, liebe Zuhörer. Was für eine Vorstellung von der Welt hat jemand, der noch nie in seinem Leben Verantwortung tragen musste? Nun, ich war vielleicht aufbrausend, aufgewühlt, schnell zur Stelle, wenn es darum ging, Urteile zu fällen, und ich war an viele Annehmlichkeiten gewöhnt. Und deshalb einfältig und faul. Allein das Wissen, dass ich mich jederzeit allem entziehen konnte, gab mir die Sicherheit, auf diese Weise zu handeln.

Töricht, wie ich war, trottete ich also in Richtung Speisewagen und ließ die unangenehme Angelegenheit hinter mir. Kaum öffnete ich die Durchgangstür, drang der Duft von Kartoffelpüree und Hackbraten an meine Nase, und ich bestellte an einem klitzekleinen Zweiertisch ein erstaunlich schmackhaftes Dinner, das auf exquisitem Porzellan serviert wurde. Dazu trank ich kühles dunkles Bier. Der Wagen war kaum besetzt, nur ein älteres Paar saß an einem Tisch und schwieg sich an. Die Wandbeleuchtung warf ein warmes Licht auf die leeren Tische. Im Fenster spiegelte sich meine Gestalt, die mich fragend anstarrte.

Weshalb hast du dich da draußen dermaßen aufgeregt? Wirst du jetzt sentimental und verweichlicht?

Das warme Essen und der Alkohol stimmten mich beinahe fröhlich. Ich bestellte ein weiteres. Wozu sollte ausgerechnet ich mich für ein Kind stark machen? Ich, dieses flatterhafte Wesen, das seine ganz persönliche Welt geschaffen hatte, in der es sich bequem lebte? Alles verschwamm in meinem Kopf. Lässig legte ich den Arm über meinen Stuhl und schob meine Krawatte zurecht.

Ich merkte gar nicht, wie meine Gedanken erneut abschweiften, durcheinandergerieten und wie daraus Unlogisches, Unzusammenhängendes entsprang. Das Kind. Dieses Kind. Ich dachte: Sie ist eine Waise, kaum fünf Jahre alt, in ärmlicher Kleidung, mit einer Briefmarke auf dem Mantel, und das alles auch noch ohne Eltern, verlassen und verloren.

Jetzt, mit zwei Bier im Blut, wurde ich plötzlich rührselig, überlegte: Was, wenn dieses Kind nie ankommt? Wenn dieses Kind irgendwo verlorengeht? Ich lebte damals in einem Milieu, in dem sich jeder selbst der Nächste war. Ein Kind mehr oder weniger – wen kümmerte das?

Kapitel 9
Gaunergeschäfte

Auf Ellis Island hatte ich mitbekommen, dass man verarmte Einwanderer aus Osteuropa, die eigentlich immer mit einer Schar Kinder einwandern wollten, gleich wieder nach Hause verfrachtete, weil sie kaum Geld hatten, bei den vielen Mäulern, die zu stopfen waren. Wie gesagt, brauchte man damals mindestens 25 Dollar Bargeld, um überhaupt ins Land einreisen zu dürfen. – Bei *den* täglichen hohen Lebenskosten! Ein Bier kostete 50 Cent und ein Frühstück 10 Cent. Auch Mieten waren teuer, und man musste auf der Hut sein, weil Gauner überall die Ahnungslosigkeit der Menschen ausnutzten.

Ich kannte einmal einen Mann namens Jeff Banks. Er hatte an der 71. Straße in Glendale, im Stadtbezirk Queens, ein Haus gemietet und es auf seine Weise aufgefrischt. Zimmer für Zimmer: neue Betten, neue Teppiche, die er in einer Auktion ersteigert hatte, er hatte die Wände gestrichen und so weiter. Die Zimmer konnte er dann teuer untervermieten. Mir hat er einen Spezialpreis gemacht: drei Dollar die Woche. Die anderen Zimmer waren teurer: Beinahe fünf Dollar die Woche zahlten die Leute. Zwei Jahre später hat Jeff das ganze Haus dann einem Greenhorn aus Deutschland verkauft, das erst zwei Wochen in Amerika war. Dabei hat es ihm ja gar nicht gehört. Aber er verdiente eine Menge Geld damit und ist am Ende nach Kalifornien abgehauen. Der tatsächliche Eigentümer des Hauses musste sich mit dem deutschen Greenhorn irgendwie einigen. Armes Schwein, aber so ist das Leben.

Ich überlegte mir damals ernsthaft, ebenfalls solch ein Geschäft durchzuziehen. In meinen Augen war es ziemlich einfach, besonders, weil das amerikanische Gesetz damals lahm und träge war. Gerichtliche Zustellungen mussten dem Empfänger immer persönlich ausgeliefert werden, sie wurden nicht mit der Post überbracht. Das führte natürlich dazu, dass die Leute ihren Namen nicht preisgaben oder einfach abtauchten.

Bis zu meinem Einzug in jene kleine Zweizimmerwohnung von Jeff Banks war ich auch jeden Monat umgezogen. Das ging so: Ich prellte meinen Vermieter um zwei Wochenmieten, und dann packte ich mein Zeug und zog weiter. Wenn er dann die vier oder fünf Dollar von mir wollte, war ich schon längst weg, hatte mich woanders eingerichtet, andere Straße, anderer Stadtteil, andere Menschen, andere Sitten. Abtauchen war meine Spezialität.

Kapitel 10
«Ich spiele nur mit Profis»

Als ich zwei Stunden später angetrunken und zufrieden die Tür zum Waggon öffnete, wich ich erschrocken zurück: Ungefähr in der Mitte des Wagens erblickte ich eine Menschenansammlung. Es wurde laut gelacht, gebrüllt und gejohlt. Der Lärm war unerträglich. Dazu waberte ein unangenehmes Duftgemisch aus Parfum und Alkohol im Wagen. Da ich keine Ahnung hatte, was vor sich ging, drängte ich mich zuerst einmal zwischen den Lärmenden hindurch nach vorn.

«Verzeihung!», schrie ich den Leuten ins Ohr, da sie sonst nicht auf mich gehört hätten.

Als ich endlich den Tisch erreichte, der das Zentrum des Geschehens bildete, entdeckte ich dort vier Herren beim Poker. Alle Spieler erkannte ich sogleich: Einer von ihnen war der alte Mann, den ich gezeichnet hatte. Daneben saß Muffy. Der dritte Spieler war der Postbote Andreas, und der Vierte in der Runde war Beans, der magere Gatte von Mrs. Lila.

Eine Weile beobachtete ich sie. Ihr Können war dürftig, sie gaben in die falsche Richtung aus, Muffy verwechselte eine einfache Straße mit einem «Straight Flush», und Andreas verstand es noch nicht einmal, einen Buben von einer Dame zu unterscheiden. Deshalb gerieten sie schnell in Streit. Die aufgebrachten Pokerspieler zankten sich, und der Alte sagte: «Ich habe hier ‹Four of a Kind› und einen König. Das ist höher als Ihr ‹Full House›.»

Ich lachte, machte eine abfällige Bemerkung und kehrte den Herren den Rücken. Und gerade das brachte sie auf die Palme. «Hey, Großschnauze, willst du dich nicht beteiligen?», rief mir Muffy nach. Er tupfte nervös sein rotes Gesicht mit einem Taschentuch.

Ich war gewappnet. «Nein, ich spiele nur mit Profis», gab ich überzeugend zurück. Das wirkte immer.

«Oha!», raunte es durch die Zuschauermenge, die das Unheil in der Luft witterte.

Aber Muffy ließ das nicht auf sich sitzen. Er sagte: «Die verzärtelte Memme hat wohl Angst vor uns.»

Nun, wenn es etwas gibt, was mich wirklich wütend macht, dann sind es Großmäuler, die keine Ahnung von einer guten Wette oder einem anständigen Pokerspiel haben. Ich kehrte theatralisch an den Tisch zurück. Entscheidend war aber die Tatsache, dass sehr viele Geldnoten auf dem Tisch lagen, ich schätzte: rund zweihundert Dollar.

«Wollt ihr spielen oder nur Reden schwingen?», sagte ich großspurig, um sie gleich von Anfang an einzuschüchtern.

«Los, setzen Sie sich!», warf Beans über den Tisch. Er war gut aufgelegt, trank Bier und aß Rosinen, die ihm seine Frau serviert hatte. Er reichte allen das getrocknete Obst, und sein Tonfall wurde immer umgänglicher, ja beinahe fröhlich.

Zu Beginn nahm ich mich zurück, ging auf Nummer sicher, verließ frühzeitig die Runde, wenn ich weniger als «Two Pair» hatte. Dann tat ich so, als sei ich ein gemütlicher Verlierer. Die Meute um uns herum hatte sich immer mehr zurückgezogen, und irgendwann blieben zu vorgerückter Stunde nur noch wir fünf übrig, die wir uns dichtgedrängt mit den Spielkarten am Kinn leise zuraunten: «Bet! Check! Raise! – Einsatz! Ich schieb! Ich erhöh!»

Nach rund zwei oder drei Stunden, meine Uhr zeigte Mitternacht, gähnten meine Pokerpartner unaufhörlich, weil uns der Sauerstoff fehlte. Erst jetzt stieg ich richtig ein. Ich musste die Herren weder irreführen noch betrügen, sie spielten so einfallslos, dass ich schnell die Oberhand gewann. Mit jedem Sieg, den ich erzielte, wurden die Männer unzufriedener. Sie warfen die Karten unwillig in die Mitte, tauschten murrend neue, scharrten in ihren Hosentaschen, um noch weitere Dollarnoten herauszuklauben, murrten sich gegenseitig an und schnaubten, wenn ich die vielen Banknoten vor mir abzählte. In vier Stunden gewann ich 208 Dollar.

«Ich mache hier Schluss und gehe pinkeln», sagte Muffy frustriert, stand auf und verließ den Wagen.

«Vielleicht sollten Sie Präsident Taft um einen Scheck bitten?», rief ich ihm belustigt nach, weil der damalige Präsident bekannt dafür war, Darlehen zu verleihen.

Die anderen zogen sich schmollend zurück, sagten kein Wort. Auch Andreas hatte Geld verloren. Er zog ein langes Gesicht. Alles schlechte Verlierer, dachte ich. Schnell machte ich mich aus dem Staub, verließ den Wagen und ging eine rauchen. Draußen war die Luft viel frischer und besser als im Waggon.

Weil ich fest davon überzeugt war, Gesichter lesen und Gedanken hören zu können, hatte mich das Spiel kaum angestrengt. Ich nahm aus meinem silbernen Etui eine Zigarette und entzündete sie mit einem Streichholz, das ich wegwarf. Der Rauch formte sogleich hinter meinem Kopf eine Schlaufe und verzog sich.

Plötzlich tauchte Andreas auf, der es auf eine Zigarette abgesehen hatte.

«Geben Sie mir auch eine?», fragte er mich.

«Hast du denn auch was für mich?», gab ich zurück.

Erstaunt sah mich Andreas an und wollte wieder reingehen, da hielt ich ihn am Ärmel fest. Verächtlich blickte er auf meine Hand.

«Ich scherze!», sagte ich mit einem Lachen.

Danach entschuldigte ich mich bei ihm, sagte, ich hätte es nicht so gemeint, und stellte mich ihm zum ersten Mal mit vollem Namen vor. Dann öffnete ich mein Zigarettenetui und hielt es ihm unter die Nase.

«Verdammt lange Fahrt ist das», sagte Andreas.

«Ja, und diese Rumpelei. Die mit ihren Kissen, die machen es richtig.»

«Was?»

«Na, die, die auf ihren mitgebrachten Kissen sitzen.»

«Wo geht's hin?», fragte mich Andreas, der den Rauch aus der spitzen Nase blies.

«Ich besuche eine Cousine», entgegnete ich.

Dass sie Geld brauchte, verschwieg ich. Ich wollte verhindern, dass jemand auf den Gedanken kam, ich trüge viel Geld auf mir. Andreas schob sich seinen Hut ins Gesicht und zog friedlich an seiner Zigarette. Er wirkte auf mich nicht wie ein

Betrüger, trotzdem behielt ich meine Angelegenheiten lieber für mich.

«Mein Gott, diese eintönige Landschaft. Wie hält man das nur aus?», meinte Andreas, schnalzte mit der Zunge und zeigte hinaus in die Prärie, an der wir in der Dunkelheit vorbeifuhren.

«Wieso?», wollte ich wissen.

«Ach, nur so. Ich komme aus einer anderen Gegend. Da gibt es Berge und Wasser, frisches Gras, da gibt es Schnee und Wälder.»

«Sie stammen wohl aus einem Märchenbuch», gab ich mit Sarkasmus zur Antwort. Er aber erzählte mit nicht wenig Stolz, er sei aus der Schweiz.

«Was haben Sie dann hier verloren?», wollte ich von ihm wissen.

«Ich möchte hier Medizin studieren», sagte er und spuckte über die Reling des fahrenden Zuges.

«Gibt es in der Schweiz keine Universitäten?», fragte ich neugierig.

«Doch, aber ich verließ die Schweiz aus einem anderen Grund: Mein Bruder starb bei einem Arbeitsunfall im Wald. Er wurde von einem umfallenden Baum erschlagen. Und ich fühlte mich dafür verantwortlich, weil ich den betreffenden Baum gefällt hatte. Deshalb bin ich abgehauen.»

Eine Weile schwiegen wir. An seiner belegten Stimme hatte ich erkannt, dass er unter seiner Schuld litt und seinen Bruder schmerzlich vermisste. Da ich nie Geschwister gehabt hatte, konnte ich seinen Kummer nicht nachempfinden, aber ich verstand durchaus, was es bedeutete, jemanden zu verlieren, den man liebte. Der Tod meiner Mutter hatte mir ungeheuerliche Qualen bereitet. In gewisser Weise ist Verlust etwas für starke Menschen, sagte ich mir, die das Leben anzupacken bereit sind und diese Anstrengung bis zum letzten Tage bereit sind zu tragen. – Und was war mit den anderen, die aufgrund eines Verlustes die Fassung verloren? Ich sagte mir, dass ich das nicht wüsste. Dass ich mich dabei anlog, war mir in diesem Augenblick egal. Ich war hundemüde und wollte nur noch schlafen. Es war nach zwei Uhr morgens. Deshalb wünschte ich Andreas eine gute Nacht. Wir würden morgen weitersprechen.

Kapitel 11

Sanfte Riesen

Im Morgengrauen pfiff die Lokomotive, und der Zug bremste ruckelnd und mit quietschenden Rädern, so dass wir wachgerüttelt wurden. Die Außentemperatur war gestiegen, bemerkte ich beim Fensteröffnen. Waren wir bereits in subtropischem Gebiet, in Oklahoma? Wo die Passagiere vergessen hatten, die Vorhänge zuzuziehen, warf die aufgehende Sonne helles Licht in den Wagen. Ich hielt mir schützend die Hand vor die Augen und gähnte schläfrig.

Aufgeregt stellten sich die Menschen an die Fenster und sahen nach, was draußen los war.

«Wieso wird der Zug angehalten?», polterte Muffy argwöhnisch. Den Koffer an seinen Bauch gepresst, blickte er aus dem Fenster.

«Rinder! Es sind Rinder!», rief eine junge Frau, die sich den Hut ausgezogen hatte, um ihren Kopf mit den toupierten Haaren aus dem Fenster zu halten.

Die Leute waren erleichtert. Alle klebten auf der rechten Seite des Zuges und johlten: «He, weg da, ihr Kühe! Los!»

Zwei Dutzend Rinder standen auf dem Gleis und sahen erstaunt kauend auf. Das hohe saftige Gras, das zwischen den Gleisen wuchs, wollten sie sich offensichtlich nicht entgehen lassen. Ich sah, wie der Lokführer und sein Heizer, der eine kohlenrabenschwarze Lederschürze trug, vergeblich versuchten, die Rinder zu verscheuchen.

«Wahrscheinlich von einer Farm ausgebüxt!», rief der Heizer, der unter seiner schwarzen Nase ein blasses Gesicht aufwies.

Die Rinder ließen sich nicht stören. Eins von ihnen, ein besonders mächtiges Rind mit braun-weiß geflecktem Fell, blickte auf und schüttelte den Kopf – wahrscheinlich, um Fliegen loszuwerden, aber mir kam es so vor, als bedeute es mehr …

Jetzt fasste der Heizer ein Rind am Rücken und versuchte es, wie einen alten, schweren Schrank vom Gleis zu schieben. «Los, beweg dich, du Rindvieh! Wir haben nicht den ganzen Tag Zeit. Los! Los!»

Das Tier blickte mit wachen Augen zurück, kaute und tat keinen Wank. Dann wedelte es mit dem Schwanz, als wollte es Fliegen verjagen, und schlug dem Heizer mit dem haarigen Ende an den Kopf.

Dieser Idiot! Ich warf einen Blick auf meine Uhr. Aus unerfindlichen Gründen, weiß der Kuckuck, woher ich diese Idee hatte, ging ich zur Tür des Waggons, öffnete sie und trat über die steile Zugtreppe, die aus drei Metalltritten bestand, ins Freie. Ich drehte mich kurz um und blickte zurück. Da sah ich, wie die Fahrgäste erwartungsvoll erstaunt aus dem Fenster starrten.

«Na los, Cowboy!», rief Muffy mit der großen Klappe lachend. Ein paar junge Damen im vordersten Waggon giggelten laut. Eine von ihnen zog sich die roten Lippen nach, ihre Freundin kämmte sich offenbar das Haar. Ich trottete langsam über die roten Steine neben den Gleisen, wäre beinahe gestolpert und hielt mich an einer Stange am Zug fest. «Hoppla!», rief jemand belustigt.

Am Kopf des Zuges entdeckte ich den Lokführer. Wie wild redete auch er auf die kräftigen dunkelbraunen Tiere ein, die sich weiterhin nicht beirren ließen und gemütlich ihr Frühstück verspeisten.

Es lag bestimmt an meiner Müdigkeit und am Hunger, der mich quälte, aber ich begann mich unverzüglich über den Lokführer zu ärgern. Wie konnte jemand nur derart unbedarft mit diesen Tieren umgehen! Deshalb beschleunigte ich meinen Schritt, immer den unebenen Boden und die Steine im Visier. Wir befanden uns immer noch in Tennessee, hatte ich vorhin im Wagen jemanden sagen hören. Die würzig-milde Luft, die dichten Wälder und der große See in der Nähe beeindruckten mich kurzfristig.

Als ich allerdings bei den Rindviechern ankam, schob ich den Heizer zur Seite und begann die Rinder in Großstadtmanier anzuschreien, als würde ich mir einen Weg durch das dichte Gedränge von New Yorks Straßen bahnen: «Ho, ho, los, verschwindet!»

Ich machte mich lächerlich, versuchte meine Unerfahrenheit mit Tieren zu überspielen, indem ich furchtlos die Rinder antrieb. Aber sie bewegten sich nicht von der Stelle, als wären sie an Ort und Stelle eingepflanzt worden. In meiner Verzweiflung schlug ich den Tieren auf den Hintern – ich muss zugeben, sie waren sehr stark gebaut –, aber sie machten keinerlei Anstalten, sich zu bewegen. Ein lautes Muhen folgte, das wie ein Vorwurf klang. Das Rind, das ich als Letztes auf sein Hinterteil geschlagen hatte, drehte seinen schweren Kopf zu mir um und sah mich fragend an. Ich bemerkte seine langen Wimpern und sein fleischig-rosa Maul, das sich langsam und gemütlich hin und her bewegte. Danach drehte es den Kopf wieder zurück, um sich Interessanterem als mir zuzuwenden.

Der Lokführer konnte sich einen faulen Spruch nicht verkneifen. Jetzt wurde ich wütend und machte mich bereit, ihm die Meinung zu geigen, da tauchte plötzlich das kleine Mädchen auf.

Sie reichte den Rindern kaum bis zu den Ohren, obgleich sie sich zum Mädchen hinunterbeugten. Ich machte mich bereit, es vor den starken Tieren zu retten, aber das war gar nicht nötig. Die Tiere lauschten stoisch den Worten des Mädchens, die sie kaum hörbar flüsterte. Dann hob es die Hand und streichelte ein Tier über seine fleischige Nase. Zur Verwunderung von uns allen leckte das Riesentier dankbar seine kleine Hand.

Wir alle drei, der Lokführer, der Heizer und ich, beugten uns ebenfalls zum Kind hinunter, tauschten Blicke, zuckten die Schultern und schüttelten den Kopf. Das Lauschen, Mustern, Verwundern brachte nichts. Wir Männer waren dem wundersamen Ereignis in keiner Weise gewachsen, denn nun scharten die Rinder sich auch noch um das Kind, schnauften, stampften im Chor. Das Mädchen aber zeigte keine Angst, im Gegenteil, ihre Erzählstimme wurde immer lauter.

Ich musste mich ein wenig von der Meute entfernen, um der Gefahr der tierischen Muskelmassen zu entgehen, wobei ich das Kind fürsorglich im Auge behielt. Alles war sehr seltsam und aufwühlend, denn das Kind summte jetzt, sang irgendein Kinderlied und streichelte die zahm gewordenen Rinder. Ich kann es mir nicht erklären, noch habe ich jemals so etwas erlebt.

Der Lokführer zog den Hut vom Kopf und kratzte sich, und der Heizer legte beseelt die Hände zusammen, beobachtete die Szene. Wir Erwachsene schwiegen, überwältigt von den Dingen, die sich zutrugen. Wir verloren das Kind aus dem Blickfeld, und ich begann mir Sorgen zu machen, als die Herde sich unvermittelt in Bewegung setzte und dann etwas abseits von den Gleisen zu grasen begann. Leider war das jedoch immer noch nicht weit genug, als dass es uns die Weiterfahrt ermöglicht hätte.

Plötzlich tauchte das Tigerauge auf. Sie hielt ihre Hände über den Kopf und tappte mit ihren Absätzen den Schienen entlang.

«He da, geht es endlich weiter?», fragte sie mit hoher Stimme. «Meine Tochter hat ihr erstes Kind bekommen, und ich will meinen Enkel nicht erst sehen, wenn er bereits seine ersten Zähne bekommt.»

Ungeduldig stellte sie sich neben mich.

«Gibt es hier denn niemanden, der diese Viecher vorantreibt?», schrie sie nervös.

Das Mädchen schaute fragend und etwas verstört zu ihr hinüber und legte den Finger an den Mund. Psst, gebot sie dem Tigerauge, die nun genervt den Arm in die Hüfte stemmte.

«Was tut die Kleine da? Spricht sie mit den Tieren? Schlagen muss man die, hier auf ihr Hinterteil!»

«Los, los!», schrie sie erneut in schrillem Ton.

Doch die Tiere gerieten kaum in Bewegung.

«So was habe ich noch nie erlebt!», schnalzte Beans, der ihr gefolgt war und sich nun den Staub von seinem Filzhut klopfte.

Endlich galoppierte ein Cowboy auf einem Pferd heran, pfiff durch die Zähne und gab dunkle, drängende Töne von sich, um die Tiere vom Gleis fortzutreiben. Als er die zaghaften Rinder weitertrieb, verlor ich das Kind aus den Augen.

«He, Kleine!», rief ich so laut wie möglich, doch ich vernahm keinen Mucks, außer Rindergetrampel, einem schrillen «Hoi, hoi!» des Cowboys und unerträgliches, aufrührerisches und unzufriedenes Muhen. Die Luft bestand aus Staub, Pferdeschweiß und dem Geruch von Rinderdreck. Einige Rinder brachen aus der großen Herde aus und rannten so schnell davon, als hätten sie Bienen auf den Fersen. Was für ein Tumult das war!

Erstaunlicherweise aber tauchte das Mädchen am Ende unversehrt aus der Rindermenge auf. Ich sah, wie es über das gesamte Gesicht strahlte, stehen blieb und den Rindern fröhlich hinterherwinkte.

Danach rannte sie vergnügt herum, hob hie und da einen kleinen Stein auf und betrachtete ihn neugierig. Alsdann hielt sie die Arme spielerisch in die Luft, als vollführte sie einen kleinen Tanz.

Verwundert betrachtete ich den Hergang, zögerte ein wenig und schritt auf das kleine Wesen zu, das nun mit großem Staunen die Landschaft um uns herum betrachtete. Ich tat es ihr nach: Der Sonnenaufgang glich einem kleinen Wunder. Nach und nach erfasste die Sonne prachtvoll die vielen

Hektar unbewohntes Land, die vor uns lagen, wie eine warme, heilsame Kraft.

Als der Lokführer, der Heizer und die anderen den Rückweg zum Zug antraten, nahm das Mädchen plötzlich meine Hand. Lächelnd sah es mich an und hüpfte neben mir her.

Für Diebstahl und Betrug hatte ich stets Talent. Blind und hilflos verhielt ich mich jedoch gegenüber Ehrlichkeit. Ich hatte nie verstanden, was Aufrichtigkeit bedeutete. Das war auch der Grund, weshalb ich die Hand des Mädchens sogleich wieder losließ, obwohl sie meine Nähe suchte.

Kapitel 12
Geflüster

Die Fahrgäste beglückwünschten uns zur Vertreibung der Tiere. Und als wir uns wieder ins Abteil begeben hatten, kletterte das Mädchen auf die Bank, um sich direkt neben mich zu setzen. Herausfordernd sah sie mich an und fragte: «Wie heißen Sie, Sir?»

Ich gab ihr keine Antwort.

Sie stieß mir den Ellbogen in die Seite, als es unweigerlich einen Ruck gab und der Zug sich wieder in Bewegung setzte. Ein Pfeifen, ein Stampfen der Lok, ein Ruckeln, der Zug fuhr.

Ich war froh, denn das Kind wurde von diesem Rumpeln abgelenkt, wie die Kleinen eben sind. In einer Sekunde fordern sie die volle Aufmerksamkeit, in der nächsten aber sind sie bereits in einem anderen kindlichen Weltraum angelangt, in dem sie etwas anderes bestaunen. Hätte ich damals geahnt, was es mit dem Kind auf sich hat, hätte ich anders gehandelt. Ja, so ist es, liebe Zuhörer. Nun, wie soll ich das beschreiben? Es war, als würde man am tosenden Meer entlang spazieren, das Rauschen der Wellen aber nicht hören.

Aufgeregt tauschten die Leute sich aus und schwatzten. Ich scherte mich nicht darum, zog mir den Zylinder ins Gesicht und tat so, als würde ich schlafen.

Ich muss tatsächlich eingeschlafen sein, denn als ich aufwachte, stand eine dunkelhäutige Frau vor dem kleinen Mädchen.

«Bist du dir sicher?», fragte sie gerade.

Das Mädchen nickte, und die Frau strich ihr über die Wange. Dann flüsterte ihr das Mädchen etwas zu. Die Frau begann zu lachen, dabei war ein leises Pfeifen zu hören, wie von einer Krankheit. Belustigt kicherte sie weiter, flüsterte dem Kind etwas zu, das niemand von uns verstand. Aber ich ließ mich davon nicht beirren, legte mich erneut schlafen, weil das Stampfen der Lok mich ermüdete.

Weil ich wieder ein Kreischen vernahm, wachte ich einige Minuten später erneut auf und sah, dass die Farbige immer noch da war. Sie kniete vor dem Kind, das nun mit leiser Stimme eine Geschichte erzählte. Ich fragte mich ernsthaft, was das alles sollte. Ich herrschte die Kleine an: «Kannst du nicht etwas leiser sein?»

«Wir haben doch nur geredet», wandte die dunkelhäutige Dame in zänkischem Tonfall ein. Und dann sprach sie einfach weiter. Ich fand dieses Verhalten höchst sonderbar und enervierend. Sogleich wollte ich ihr etwas Unanständiges entgegnen, ließ es aber bleiben. Ich wollte keinen Aufruhr im Wagen verursachen, denn bisher hatte niemand daran Anstoß genommen, dass sich die dunkelhäutige Lady in einem Abteil für Weiße aufhielt. Und meiner Ansicht nach sollte das so bleiben. Die neue Freundin der Kleinen erinnerte mich an unser Dienstmädchen.

Maggie stammte aus einer Sklavenfamilie aus Georgia. Eigentlich hatte sie in New York eine Anstellung in einer Bäckerei gesucht, aber war dann bei meiner Mutter in der Pension gelandet. Ich weiß noch, wie sie vor unserer Haustür stand mit der Adresse der Bäckerei in der Hand. Meine Mutter bat sie sogleich herein – das andere Mädchen, eine junge verschlafene Norwegerin, hatte sie einige Tage zuvor rausgeschmissen, weil sie Seife aus dem Keller gestohlen hatte.

Meine Mutter überredete Maggie, bei ihr zu arbeiten für Kost und Logis. Sie bewohnte ein Zimmer auf dem Dachboden. Es war lediglich eine Holzwand, eingebaut in eine Dachbodenecke, mit einer schlechten Tür. Im Sommer war es heiß da oben und im Winter unerträglich kalt. Maggie war eine gute Seele, und meine Mutter hatte das erkannt. Sie trug ihr im Haushalt gerne die anstrengenden Arbeiten auf. Maggie hat sich nie beschwert, aber meine Mutter wurde mit den Jahren immer strenger mit ihr und bezahlte ihr nur einen kleinen Lohn. Sie stand morgens früh um fünf Uhr auf, heizte den Herd ein, buk frisches Brot, bereitete das Frühstück für unsere Gäste, legte die trockene Wäsche zusammen und scheuerte den Fußboden. Jeden einzelnen Morgen. Sie war ein gutes Mädchen, ich mochte sie.

Und wenn Maggie etwas brauchte, wie zum Beispiel Kleidung, dann gab meine Mutter ihr etwas von sich. Das war nun mal so. Maggie trug auch meine alten Schuhe, obwohl sie viel zu groß für sie waren. Sie besuchte regelmäßig die Kirche, wo sie einen jungen Mann namens Karl kennenlernte. Er war Vorarbeiter auf einer Rinderfarm rund drei Meilen entfernt. Er wollte sie heiraten.

Aber meine Mutter hat es ihr verboten. Das ist so eine Sache mit dem Heiraten, meinte sie: Kaum heiraten die jungen Frauen, bekommen sie eine Schar Kinder. Am Anfang kommen sie mit dem ersten Kind noch zur Arbeit, dann kommt das zweite Kind. Und ist das dritte erst einmal unterwegs, dann tauchen sie gar nicht mehr auf, und man muss ein neues Dienstmädchen suchen. Allerdings war Maggie großartig. Meine Mutter sagte immer zu mir: «Maggie arbeitet für Gottes Lohn, verlangt nie zu viel, stiehlt und lügt nicht.» Nun ja, ein Mal hat sie gefragt, ob sie sich ein Kleid kaufen könne, da ihr damaliges von der Arbeit arg zugerichtet worden war. Den ganzen Tag putzen, kochen und Wäsche erledigen, Flickarbeiten an der Bettwäsche, dann auch noch die Einkäufe … Meine Mutter hat ihr geantwortet: «Wo gehobelt wird, da fliegen eben auch Späne.» Dann hat sie ihr ein altes Kleid von sich selbst geschenkt, das sie nicht mehr anziehen wollte.

Ich dachte mir damals: Weshalb kauft sie ihr nicht ein einziges Mal ein neues Kleid? Sie sah wirklich jämmerlich aus in dem viel zu großen Rock meiner Mutter. Bis sie eines Tages einfach verschwand. Meine Mutter ließ tagelang nach ihr suchen, stand in der Küche und lamentierte lauthals, es seien böse Zeiten.

Jeden Abend setzte ich mich vor die kleine weiße Haustür und wartete auf Maggie in der Hoffnung, ihre Stimme zu hören, ihre liebenswürdigen Gesten, das rasselnde, herzliche Lachen zu erleben. Meine Mutter jedenfalls fand nicht so schnell wieder ein tüchtiges Dienstmädchen.

Was sich nun im Zug abzuspielen begann, war sehr eigenwillig. Die schwarze Frau saß mittlerweile dem Mädchen zu Füßen auf dem Boden, und das Kind flüsterte ihr etwas zu.

Dann streichelte es die Hand der Frau, die nun glänzende Augen bekam. Dann steckten die beiden die Köpfe zusammen, und die Frau begann leise zu erzählen. Sie rang mit den Händen, ihr Gesicht verzog sich, ernsthaft, dann wieder lachend, später ein kleines, nervöses Aufatmen, als wäre ihr das Leben eine große Last. Ich verstand kein Wort, sah aber, dass das Mädchen die Frau zu trösten versuchte, ihr mit dem Händchen über den Kopf fuhr.

«Mensch, macht mal Platz!», brummte da ein alter missmutiger Mann, der im engen Flur passieren wollte, sehr laut, und die beiden gingen aufgeschreckt auseinander. Erstaunlicherweise gab das Tigerauge der Farbigen in dem Moment ein Zeichen. – Gehörten die beiden etwa zusammen?

Mein Blick wanderte derweil hinüber zu dem Kerl, den ich Muffy nannte. Er schien soeben ins Land der Träume zu gleiten. Zu meinem Erstaunen stand sein Koffer auf seinem Schoß vollständig offen, Wäsche und kleine Gegenstände, die ich nicht erkennen konnte, lagerten kreuz und quer darin. Ich beobachtete ihn mit den Augen eines Adlers, hakte alle Gegenstände ab, die ich sah: Bürste, ein Kartenset, Waschzeug, Handtuch, Unterwäsche, ein klitzekleines Buch und der besagte Samtbeutel mit den Diamanten. Aus seinem Mund tropfte etwas Speichel, und im Rhythmus seines Einatmens begann er zu schnarchen, wobei er beim Ausatmen pfiff. Meiner professionellen Meinung nach wäre es nicht weiter schwer gewesen, nun die Diamanten an mich zu bringen. Doch der Zeitpunkt war ungünstig. Ich beschloss, noch eine Weile zu warten, weil die Unruhe der Rinderaffäre manchen Fahrgästen noch deutlich abzuspüren war.

Ich hob den Hut vom Kopf und sah, dass das Mädchen und die Frau, die noch immer verdattert im Flur stand, mich anblickten.

Das Kind zeigte ein eigenwilliges, zärtliches Lächeln, und dann seufzte es. Dieser Seufzer ließ mich aufhorchen, ja zusammenzucken. Ich hatte ihn schon einmal gehört, und unweigerlich beschlich mich ein vages Gefühl von Trostlosigkeit und Angst. Sogleich senkte ich den Blick, weil ich mich meiner diebischen Gedanken schämte. Konnte dieses Kind etwa in mich hineinsehen? Das war sonderbar, das musste ich sagen. Meine Stimmung wurde ernst, der Wert des Geldes, das ich aus diesem Zug tragen wollte, verblasste plötzlich, und ich wusste nicht, wieso.

Mit trüben Gedanken saß ich da, Muffys offenen Koffer vor mir im Blickfeld, während das Mädchen wieder mit der Frau sprach, als gäbe es nur sie beide. Die Frau lachte laut auf, nur um einige Minuten später plötzlich zu weinen.

Irgendwie hatte ich den Eindruck, Zeuge von etwas Übernatürlichem zu sein. Meine methodistische Mutter hatte mir oft erzählt, dass es in dieser Welt Wunder gebe, die niemand verstehe. Natürlich glaubte ich ihr damals kein Wort. Erst, als sie selbst auf der Straße von einem Pferd derart schwer getreten worden war, dass sie im Krankenhaus um ihr Leben rang, begann ich über Gott nachzudenken. Ja, ich hatte sogar die Hände zum Gebet gefaltet.

Übel zugerichtet, ihr Kopf war getroffen worden, das Auge schwer verletzt, lag sie im Spitalbett. Tagelang war sie nicht ansprechbar. Ich fürchtete mich mehr vor ihrem Tod als vor meinem eigenen.

Als sie ein letztes Mal aufwachte, mit blauer Wange und einem dicken Verband um den Kopf, küsste ich ihre unversehrte Wange, und sie lächelte mich an.

«Mein gutes, gutes Kind», flüsterte sie.

Als sie zwei Tage später starb, saß ich stundenlang aufgelöst an ihrem Bett, prägte mir ihr Gesicht ein, das vor dem schrecklichen Unfall ein wenig pummelig, aber immer überaus schön gewesen war.

Ich war davon überzeugt, dass meine Mutter gewiss nie mein wahres betrügerisches Wesen durchschaut hatte, und das tröstete mich.

Kapitel 13

Tanz und Politik

Wir passierten ein Indianerreservat. Lehmhäuser, Wand an Wand, drängten sich an eine schmale Dorfstraße. Wie in jedem Ort gab es auch hier einen Dorfplatz, auf dem wahllos einige Stühle und Tische standen. Über den Dächern bewegte sich Rauch im Wind. Männer und Frauen saßen draußen, arbeiteten, rauchten, unterhielten sich. Ich sah einige ältere Frauen Leder bearbeiten. Andere kochten Essen über dem Feuer. Ein Mann mit einer Zigarette im Mund putzte ein Arbeitsgerät.

Als ich das alles sah, musste ich unweigerlich an meinen Freund Marcel denken, der bei öffentlichen Tanzveranstaltungen immer mit den Indianermädchen getanzt hatte. Meistens waren es Mädchen, die sonderbare Kleidung trugen und keine Ahnung von den aktuellen Modeerscheinungen hatten, weil es ihnen einfach egal war. Marcel sagte einmal zu mir: «Hast du gesehen, die Indianerinnen sind die mit den hübschesten Gesichtern. Der gesunde Teint, das braune, glatte Haar, ihr unvergleichliches Lachen. Und wenn sie tanzen, sind sie nicht so verklemmt wie die weißen Mädchen, sie sind freier, natürlicher. Die anderen Männer wollen immer mit den weißen Mädchen tanzen, dabei sind sie dumm. Sie sehen nicht, dass die Indianerinnen auf ihre ganz eigene Art schön sind. Und wenn du sie kennenlernst, dann erkennst du, dass jede von ihnen etwas Außergewöhnliches an sich hat, das du bei einer weißen Frau nie finden wirst.»

Das hatte was. Ich begann an diesem Abend die Mädchen aus den Reservaten, die von ihren Brüdern oder Cousins auf Tanzveranstaltungen gefahren und wieder abgeholt wurden, zu beobachten. Marcel, der sich intensiv mit der Kultur der Indianer auseinandergesetzt hatte, redete aufgeregt auf mich ein: «Wegen des ‹colonialism› und der aktiven Unterdrückung der Urbevölkerung in Amerika gelingt es den Indianern nicht, sich frei im Land zu bewegen.»

Ich nickte nur, wusste nicht einmal, was Kolonialismus bedeutete. Politik gehörte nicht zu meinem Interessenbereich, und wie Sie ja wissen, bin ich von der Schule geflogen.

Marcel ließ nicht locker. Die Musik spielte derart laut, dass er mir ins Ohr schreien musste: «Wenn eine Wiederannäherung zwischen Indianern und den amerikanischen Immigranten geschähe, dann wäre auch die wirtschaftliche Situation der Indianer in Zukunft gesichert.»

«Wie meinst du das?», schrie ich zurück, weil ich die Hälfte nicht verstanden hatte.

Mein Freund verdrehte die Augen und bedeutete mir damit abschätzig, dass ich wirklich keine Ahnung hatte. «Ich gebe dir ein Beispiel, Greenhorn», sagte er. «Du weißt doch, dass Indianer Pferde züchten.»

Ich nickte und bemühte mich nun, zuzuhören.

«Aber die Amerikanische Handelskammer hat ein Gesetz erlassen, das Indianern das Recht auf Handel mit amerikanischen Geschäftsleuten versagt. Und weshalb? Weil wir erfolgreicher sein wollen als die Indianer, die viel mehr Ahnung von Pferden haben als wir.»

Mich störte es, dass er «wir» sagte. Folglich war auch ich Schuld an der Misere der Indianer – aber das ließ ich nicht auf mir sitzen. «Damit habe ich nichts zu tun!», schrie ich ihm ins Ohr.

«Ja», sagte er enttäuscht. «Genau das ist das Problem.»

Der Tanz begann, und Marcel stürzte sich ins Getümmel. Ich holte mir noch einen Punsch, der schrecklich schmeckte, weil viel zu süß. Danach tanzte ich mit einer jungen weißen Frau, sie war blond und hübsch, aber sobald sie zu sprechen begann, verschwand mein Interesse: Ihre Stimme war unerträglich, sie klang, als trüge sie Watte in der Nase, und wenn sie die Stimme hob, dann kiekste sie.

Ich beobachtete Marcel mit der schönen Indianerin, mit der er sich mittlerweile angeregt unterhielt. Die beiden lachten, hüpften, hauchten sich Worte ins Ohr.

Später erfuhr ich von Marcel, der sehr aufgewühlt und vermutlich verliebt war, dass das Mädchen auf ein Internat ging, das außerhalb ihres Reservats lag. «Es ist üblich, die Kinder der Indianer auf Internate zu schicken und sie von ihren Familien wegzuzerren.»

«Es muss schrecklich sein, von seiner Familie getrennt zu werden», sagte ich. Dabei musste ich an meine Mutter denken. Wäre mir das zugestoßen, dann wäre ich ausgerissen und sofort nach Hause gelaufen.

Kapitel 14
Der einsame Indianer

Nun hielt der Zug in einem kleinen schäbigen Bahnhof. Die Wände des klitzekleinen Gebäudes waren grün mit grauen Streifen, ein Fenster war kaputt. Ich blickte kurz hinaus und sah, dass es bereits dunkelte. Bis zum nächsten Stopp hatten wir nochmals zehn oder elf Stunden Fahrt vor uns, was mir keine Freude bereitete.

«Halt für zwanzig Minuten!», rief Mister Young.

Da saß vor einem wärmenden Feuer ein alter Indianer am Bahnhof, der irgendetwas verkaufte, doch ich konnte es nicht genau sehen. Der Bahnhof war klein, vielleicht 150 Fuß lang, und ich sah nur traurige Gesichter, drei oder vier.

Als ich am Fenster frische Luft schnappte, sah ich plötzlich das kleine sonderbare Mädchen aus dem Zug aussteigen und den Bahnhof entlangschlendern. Es hatte seinen Hut angezogen und hielt eine kleine Puppe aus Stofffetzen in der Hand.

Young, der das Mädchen und sein Reiseziel kannte, ging auf die Kleine zu und redete eilig auf sie ein: «Setz dich gleich wieder rein, junge Dame. Wir fahren in fünfzehn Minuten weiter.»

Doch das Mädchen ließ sich nicht stören und ging geradewegs auf den alten Indianer zu, der am Feuer auf einer Decke saß. Von weitem glaubte ich auszumachen, dass er ein Hemd und eine Hose aus dickem Stoff trug. – Vielleicht aus Leder? Um seinen Hals hingen Ketten von unterschiedlicher Länge.

Ihre Blicke trafen sich, und das Mädchen sagte etwas zu ihm, was ich nicht verstehen konnte. Er jedoch nickte mit dem Kopf und bat sie mit einer Handbewegung, sich hinzusetzen.

Als sie es sich bequem gemacht und ihre Puppe auf ihrem Schoß drapiert hatte, begann der Mann erst leise, dann immer lauter zu singen.

Ich verfolgte diese sonderbare Szene mit Misstrauen. Der Mann schien meinem ersten Eindruck nach freudig zu singen, dann aber sah ich sein ernstes Gesicht. Mittlerweile hatten sich auch einige der anderen Fahrgäste ans Fenster gestellt, um die Situation zu beobachten.

Das Mädchen hörte dem alten Indianer aufmerksam zu, der immer noch voller Inbrunst sang. Plötzlich ließ er in ehrfürchtiger Weise, als wolle er sich verbeugen, den Kopf hängen, und der Gesang erstarb. Nun rückte das Mädchen näher zu dem Indianer, und ihre Lippen bewegten sich, als würde sie zu ihm sprechen.

Immer mehr Leute versammelten sich am Fenster, sogar Muffy stand auf und stellte sich neben mich.

«Ich werd verrückt», murmelte ich erstaunt.

«Das können Sie laut sagen», gab er zur Antwort.

«Das könnte ein Medizinmann sein, die haben besondere Fähigkeiten, wussten Sie das?», erklärte ich ihm. Und aus irgendeinem Grund hörte er mir zu.

«Indianer, besonders Medizinmänner, haben spezielle

Kenntnisse. Sie können Kranke mit Kräutern und Heiltinkturen heilen. Sie sehen mehr als andere.»

«Und was tut das Mädchen da?», fragte er mich, und sein Erstaunen war nicht zu überhören.

«Sie spricht mit ihm.» Ich zuckte mit den Schultern.

«Aber weshalb?»

Ich kam ins Grübeln. Obwohl mir schnelle Antworten lagen, wusste ich keine auf seine Frage. Weshalb spricht ein kleines Mädchen mit einem Indianer? Und dann fiel mir ein, dass es ja auch mit der schwarzen Frau im Zug gesprochen hatte.

Eine Weile beobachtete ich die beiden. Sie saß mittlerweile vor ihm auf der Decke und hörte ihm zu. Er zeichnete etwas in die Luft, und dann legte er die Hände auf die Decke und deutete dort etwas an, das ich nur als Kreisbewegung ausmachen konnte.

Wahrscheinlich wissen Sie das, Mister Walker, Indianer glauben, dass alles eine Seele hat. Und jeder Indianer will in seinem Leben einen persönlichen Schutzgeist finden. Zu diesem Zweck ziehen sie sich für mehrere Tage ohne Nahrung an einen Ort in der Natur zurück, um ihm im Traum zu begegnen. Man sagt, dass ein Indianerhäuptling namens «Schwarzer Büffel» einmal 45 Tage in der Wildnis aushielt, kaum aß, ausschließlich Wasser trank und dann in sein Dorf zurückkehrte. Damals erzählte man sich, er habe Visionen gehabt vom Unabhängigkeitskrieg.

Nun, das ist natürlich schwer zu beweisen. Aber wissen Sie, manchmal wünschte ich mir selbst auch einen Schutzgeist. Aber ich bin eben weder ein Indianer noch ein Methodist.

Diese glauben ja zum Beispiel, dass Gott sie hört, wenn sie zu ihm beten. Und sie glauben an die Macht von Segen.

Weil mich ein sonderbares Gefühl beschlich, zog ich meinen Kittel über und machte mich auf den Weg nach draußen. Es war gerade sechs Uhr abends. Der Indianer und das Mädchen saßen da, als hätten sie sonst nichts zu tun. Eine eigenartige, feierliche Stimmung herrschte, als würden die beiden ein einsames Fest feiern. «Guten Abend zusammen», sagte ich, und ich gebe es zu, es klang etwas gestelzt. «Darf ich mich dazugesellen?»

Eigentlich hatte ich eine angemessene Reaktion auf meinen eleganten Auftritt erwartet, aber die beiden würdigten mich keines Blickes, sondern starrten nur still ins Feuer, das auf eindrückliche Weise immer größer zu werden schien.

Das Mädchen saß entspannt da und aß irgendetwas, das aussah wie getrocknete Früchte. Der alte Indianer musste es ihr gegeben haben. Nachdem sie die Bissen geschluckt hatte, legte sie ihre Hände auf die Knie und schwieg. Ich muss irgendwie nicht ins Bild gepasst haben, denn der Mann gab mir nach einer kurzen Weile ein Handzeichen, dass ich mich endlich setzen sollte. Es war eher ein Zeichen mit Nachdruck als eine freundliche Einladung. Er warf mir eine Decke hin, und ich setzte mich umständlich darauf.

Der Indianer hatte langes schwarzes Haar und dunkelbraune Augen, die glänzten, wenn er mit dem Mädchen sprach. Plötzlich begann er wieder zu singen – und diesmal sang das Mädchen mit! Der tiefe, brummige Ton des Mannes vermischte sich mit dem dünnen, kleinen, aber fröhlichen Ton des Mädchens. Ich sah, wie der Mann die Augen schloss, während er seine unglaublich traurige Melodie sang. Die Töne schienen direkt aus seiner Brust zu kommen, aus seiner Seele.

Nach dem Lied blieben seine Augen geschlossen. Er öffnete sie nicht mehr, und als der Zug pfiff, erhob sich das Mädchen und wollte einsteigen. Ich machte mich ebenfalls auf den Weg. Im Laufen fragte ich sie:

«Weshalb setzt du dich zu einem Indianer?»

Sie sagte leise, und das werde ich nie wieder vergessen: «Ich glaube, er ist sehr einsam.»

Ihre Antwort beruhigte mich in keiner Weise. Sie gab mir nur neue Rätsel auf. Deshalb hielt ich sie an ihrem Arm fest, als sie in den Waggon eintreten wollte.

«Was ist hier eigentlich los?», gab ich mit viel Unmut von mir. «Wer bist du?»

«Warum wollen Sie das wissen, Sir?», fragte sie mich und ging weiter zu ihrem Sitzplatz.

Wütend und hilflos blieb ich im Korridor des Waggons stehen. Der Zug setzte sich wieder in Bewegung, und ich hielt mich an einer Stange fest, um nicht das Gleichgewicht zu verlieren.

Dabei starrte ich zu dem Mädchen, das sich nun in aller Seelenruhe zum Schlafen bereit machte. Die anderen Passagiere schenkten ihm bewundernde Blicke.

Weshalb verhielt sich dieses Mädchen den Menschen gegenüber wie eine liebenswürdige Prinzessin? Die Güte und Bescheidenheit, die es an den Tag legte, bereiteten mir Kopfzerbrechen. Ihr Verhalten, das so gar nicht «amerikanisch» war, brachte mich aus dem Konzept! Worum ging es dem

Mädchen eigentlich? Wollte es sich auf seiner weiten Reise einfach gut mit den Passagieren und jedem, den sie traf, unterhalten? Nein, diese Antwort war mir zu einfach. Außerdem verhielt das Kind sich nicht wie eine Fünfjährige.

Nun, das war es, was in der jungen Version meiner Wenigkeit von damals vorging, Mister Walker. Meine Vorstellungen von der Weltordnung waren in jenen Tagen gering, bescheiden, oder, besser gesagt, mangelhaft. Alles, was ich von der Welt zu wissen glaubte, passte nicht mit diesem Mädchen zusammen.

Ich fühlte mich durch sie schmerzhaft zurückerinnert an meinen guten Freund Marcel, der immer viel klüger gewesen war als ich. Damals, als wir zur Schule gingen, beherrschte er drei Sprachen, weil seine Eltern ihm Spanisch und Französisch beibrachten. Marcel war ein Sprachgenie, Sprachen waren seine Leidenschaft. Außerdem las er viele Bücher, was ich nie verstehen konnte. Das erste Mal, als er zu mir nach Hause kam, suchte er nach unseren Büchern und wurde enttäuscht. Ich sagte ihm das, was meine Mutter immer gesagt hatte: «Staubfänger halten wir keine in unserer Wohnung.»

Marcel ging später zur Universität von Illinois, was ich ihm bis heute übelnehme. Dort hat er sich eine Studentin mit Namen Annie geangelt, die ihren Doktor machte. Er liebte freiheitliche Entscheidungen, hatte großartige Pläne für seine Zukunft und exotische Reiseziele. Er sprach damals von Tibet und Japan – soweit ich mich erinnere, auch von Australien, weil er unbedingt den roten Uluru-Berg besteigen wollte. An der Universität studierte er etwas mit Büchern, englische Literatur oder spanische oder was weiß ich. Das hat mich nie interessiert.

Marcel und ich, wir hatten trotzdem einen guten Draht zueinander. Während seines Studiums schrieb er mir Briefe. Ich las sie gerne, obwohl sie einen missionarischen Ton hatten. Marcel war römisch-katholisch erzogen worden und offenbar fühlte er sich dazu verpflichtet, den Menschen von Gottes Güte zu erzählen, wann immer er die Möglichkeit bekam – also in jedem seiner Briefe! Das war der Grund, weshalb ich sie mit der Zeit nicht mehr las. Ich sammelte sie in einer Küchenschublade, und irgendwann warf sie meine Mutter in den Ofen.

Nach dem Schulabbruch hatte ich schnell meinen kriminellen Weg eingeschlagen. Als Sohn einer Witwe stand mir kein normales, schon gar kein erfolgreiches Leben zu, dachte ich. Meine Lebensaussichten waren trist. Marcel nahm dies zum Anlass, mir in jedem Brief von den Möglichkeiten zu erzählen, die sich einem in «Gottes Gegenwart» erschließen, wie er es nannte. Diesen Humbug hatte ich von Anfang an abgewiesen. Gott? – Den gab es nicht. Jedenfalls nicht in meinem Leben. Obwohl ich sagen muss, dass ich zeitweise darüber nachgedacht habe.

Offen gesagt, dachte ich aber stets nur dann über Gott nach, wenn es mir richtig gut ging.

Weshalb das so war, möchte ich hier erklären. Als Betrüger verhält es sich nun mal so, dass man aus der Dummheit der Menschen Profit schlägt. Alles, was mich und mein Leben begünstigte, wurde zum Nachteil für andere. Und wenn es mir so richtig gut ging, war mir bewusst, dass dies bedeutete, dass jemand anders gerade leiden musste. Der Grund für meine Nachdenklichkeit war also der Schaden, den ich anderen zugefügt hatte und der mir nach einigen Jahren Sorgen bereitete. Natürlich glauben Sie mir das nicht, aber es war tatsächlich so.

Andere Menschen denken ja nur über Gott nach, wenn es ihnen schlecht geht. So war das bei mir aber nicht. Wurde ich enttäuscht oder war mit meinen Geschäftsideen wieder einmal am Ende, löste ich das, indem ich der Welt mit Flüchen begegnete. Ich muss diese Ausbrüche von meinem Vater geerbt haben, anders kann ich mir die Ausfälligkeiten nicht erklären. Jedenfalls war mir klar: Ich würde nie ein Kirchgänger werden, ich war in meinem tiefsten Innern ein Realist und konnte mir eine höhere Macht im Weltall, deren Existenz keiner beweisen konnte, einfach nicht vorstellen. Eine fürsorgliche schon gar nicht! Vielleicht eine strafende, herrschende. Ich brauchte weder die eine noch die andere für mein Seelenheil, obwohl ich immer wieder mit Gewissensbissen zu kämpfen hatte.

Als Mensch, der allen Versuchungen des Lebens mit Offenheit begegnete, konnte ich mir einen Gott im Leben gar nicht leisten. Auf diese Weise kann man es auch sehen, wissen Sie. Außerdem war ich gut darin, mir meine göttliche Welt selbst einzurichten. Was bedeutete mir «göttliche Gerechtigkeit», wenn ich mir meine eigene zusammenbauen konnte? Gerechtigkeit ist ja kein Stück Butter, die man sich beim Krämer kauft. Sie hat einen philosophischen Wert und setzt sich aus Erfahrungen und Meinungen zusammen. Deshalb schusterte ich mir meine eigene Vorstellung von Gerechtigkeit aus eigenen Erfahrungen und Schlussfolgerungen zusammen.

Über solche Dinge spricht man nicht mit anderen Leuten, sondern man richtet sich im Leben damit ein. Bereits als gelangweilter Teenager hatte ich erkannt, dass dieser Gott, von dem meine Mutter sprach, die Menschheit offensichtlich in zwei Gruppen eingeteilt hatte: in Bevorzugte und Vernachlässigte. Aus der Perspektive der Vernachlässigten war das gar nicht lustig – also, Gottes willkürliche Art würde ich niemals gutheißen können. Deshalb habe ich mich damals gegen ihn entschieden.

Ein Mensch ist den Widrigkeiten des Lebens doch schon genug ausgeliefert, fand ich. Es gab Krankheiten, Hungersnöte, Zahnschmerzen. Wieso sich dann auch noch einem Ewigen ausliefern, der mit rückhaltlosem Zynismus Menschen auf Erden herumschob und sie ins Unglück abdriften ließ?

Kapitel 15
In flagranti

Die Reise und die damit verbundene Schlaflosigkeit setzten mir zu. Ich rieb mir immer wieder das Gesicht. Es half nichts, denn meine Überlegungen begannen aufs Neue stürmisch gegen meine Stirn zu pochen. Um unangenehme Gefühle zu verdrängen, zündete ich mir eine Zigarette an. Sie leuchtete stumm vor meiner Nase. Ich war verschwitzt, fühlte mich nach den vielen Stunden Fahrt in diesem Zug bereits wie ein gefaltetes Omelett. Die Leute neben mir machten mich verrückt. Ich dachte: Wie gerne säße ich nun in meinem Zimmer zu Hause mit den Füßen auf der Tischdecke und einem kühlen Bier in der Hand!

Ich beschloss, die Diamanten des dicken Gentlemans an mich zu bringen, sobald sich eine Gelegenheit ergab. Ich hätte mit dem Diebesgut ein Haus finanzieren können. Nun, da ich 35 Jahre alt wurde, wollte ich endlich sesshaft werden. Im Westen vielleicht. In San Francisco? Nein, da war es bekanntlich zu heiß. Die Fliegen jagten einen durch den Tag, da herrschte die Mückenplage, und allerlei Krankheiten fielen die Leute an, bis hin zum Zahnausfall.

Wenn ich es mir genau überlegte, wollte ich nicht mehr für meine Cousine Joleen im Bordell arbeiten. Die Mädchenhändler gingen für meinen Geschmack zu brutal vor. Sie brachten die jungen Dinger aus Europa nach Amerika, verkauften sie als Erstes an die guten Bordelle – frisch vom Schiff sozusagen. Später dann rutschten die Frauen ab in traurige Arbeitshöhlen. Und am Ende ihres Lebens landeten sie krank in der Gosse. Hätte ich ein Bordell betrieben, hätte ich es anders aufgezogen. Ich hätte den Frauen einen Arzt zur Seite gestellt, ihnen ein Haus außerhalb angeboten, wo sie in Ruhe hätten wohnen dürfen, ohne von den Leuten ständig belästigt zu werden. Aber was wusste ich schon von diesen Frauen?

Wir wälzten uns mittlerweile mit der schweren Lok ins warme, ungestüme Brachland von Arkansas hinein, und ich sah, wie die Sonne endgültig glutrot hinter einem schwarzen Horizontstreifen verschwand. Es roch nach verbrannter Kohle und nach Bremsbelägen, weil Eisen auf Eisen rieb, wenn die Lokomotive ihr Tempo drosselte, wenn wieder einmal Hirsche oder Rinder auf der Fahrbahn auftauchten.

Das kleine Mädchen schlief. Kopfschüttelnd betrachtete ich sie. Ich hatte in meinem Leben schon viel erlebt, bei Gott, aber ein kleines Mädchen, das man mit der Post durch Amerika schickt, das war mir bis heute nicht untergekommen. Was, wenn sie einfach von jemandem entführt wird?, überlegte ich erneut. Genügend Strolche liefen hier herum. Die meisten würden ihre eigene Mutter verkaufen, wenn sie nur genug Geld dafür einstreichen konnten. Ich kannte diese Sorte Mensch und auch ihre Methoden.

Mir gingen auch gleich sämtliche Szenarien durch den Kopf. Man hätte das Mädchen zum Beispiel an eine Fabrik «vermitteln» können, in der sie vierzehn Stunden pro Tag hätte arbeiten und sich mit zehn anderen Waisenkindern ein Zimmer teilen müssen.

Aber so was hätte ich diesem Mädchen nie angetan. Ich werde nach einem kurzen Schläfchen mit ihr sprechen, dachte ich mir. Aber erst einmal schlafen.

Es rüttelte mich in einen regelmäßigen Schlaf, und ich träumte von Rindern, die merkwürdig aus einem Zugfenster herausstarrten. Ich selbst stand in der Wüste und sah mich um, ein Sturm hielt auf mich zu. Nicht einmal einen Hut trug ich, nur ein schmutziges Hemd und alte lederne Hosen. Ich wollte mich vor der sengenden Sonne schützen, aber plötzlich stand meine Mutter vor mir und legte mir Handtücher in die Hände.

«Wasch sie, wir haben ab morgen Gäste.»

Aber wo sollte ich Handtücher waschen, wenn kein Wasser in der Wüste war? Ich begann mich zu sorgen. Alles war ausgetrocknet. Ich blickte auf bröcklige Felsen, auf den Wirbelsturm, der immer näher kam und bereits vertrocknete Bäume und einen alten Leiterwagen mit sich riss, und konnte mir kaum vorstellen, in dieser Wüste irgendwo Wasser zu finden.

Ich spürte, wie mich der Durst überkam, meine Kehle war trocken, und ich begann zu husten. Hinter mir erschienen Menschen, die ich kannte, allerdings konnte ich nicht sagen, woher. Rund fünf Personen standen reglos da und starrten mich erwartungsvoll an.

Es waren drei Frauen und zwei Männer, und sie trugen schmutzige Kleidung. Die Männer steckten in Anzügen, die ich ihnen am Quai verkauft hatte. Diese Menschen hatten keinen Platz in meinem Leben, das spürte ich intuitiv. Nun aber sprachen sie zu mir. Und was sie sagten, überraschte mich zutiefst, so dass ich starkes Herzklopfen bekam: Sie machten mir Vorwürfe, die meine Arbeit bei meiner Cousine im Bordell und die Schwindeleien am Quai betrafen. Ich begann, mich mit pantomimischen Zeichen zu erklären und mit den Händen nervös zu wedeln, weil mir das Sprechen unmöglich war. Aber sie hoben nur kurz ihre Augenbrauen und blieben ansonsten stumm stehen.

Was genau ich erklären wollte, verstand ich auch nicht. Aber ich spürte, wie verzweifelt ich war und dass ich mich rechtfertigen wollte.

Mit Schweißtropfen auf Stirn und Rücken wachte ich auf. Mein Hemd, das ich an diesem Morgen frisch angezogen hatte, war durchnässt. Ich fuhr mir mit der Hand übers Gesicht, klaubte ein Taschentuch aus der Hosentasche und trocknete meine Stirn. Draußen war es finster, aber im Zug brannten schwache Lämpchen über unseren Köpfen.

Trotz fortgeschrittener Stunde schwatzten noch einzelne Leute miteinander, mampften Kuchen, Wurst oder Äpfel. Ein Baby weinte, und die Mutter schaukelte es in ihren Armen.

Schaffner Young wanderte gerade durch den Waggon und kontrollierte, was zu kontrollieren war.

«Guten Abend, Boss», sagte ich aus reiner Langeweile, aber er erwiderte nichts, sah mich nur misstrauisch an und setzte seinen schwarzen Hut richtig auf. Er schwitzte unter den dicken Klamotten, kein Wunder, wenn man bedachte, was er alles trug. Die große Tasche hing schwer an ihm hinunter. Was er wohl darin mit sich herumtrug? Bestimmt war da Geld drin von den Leuten, die es am Bahnhof versäumt hatten, eine Fahrkarte zu kaufen. Wie viel da wohl zusammenkam? Könnten es 100 Dollar, 150 Dollar sein? Die Lokomotive zog fünf Waggons mit je circa dreißig Passagieren. Es mussten mindestens 150 Dollar sein …

Mittlerweile habe ich 73 Jahre auf dem Buckel und das Leben in seiner gesamten Fülle erlebt. Heute begreife ich, was es wirklich heißt, ein Dieb zu sein. Man ist nicht nur kein guter Mensch. Es ist vielmehr so: Man entzündet Flächenbrände.

Nun, ich war also damit beschäftigt, Youngs Tasche ins Visier zu nehmen. Mittlerweile hatte er sich ganz in meiner Nähe hingesetzt. Das Prunkstück mit dem vermuteten Geld war aus seiner Hand gerutscht und hing nachlässig über seinen Oberschenkel in den Durchgangsbereich des Waggons. Im milchigen Licht sah ich, dass die Passagiere um uns herum tief schliefen. Gelegenheit macht Diebe, heißt es nicht von ungefähr. Und *diese* Gelegenheit war fast schon zu gut. Ich witterte leichte Beute. Deshalb beugte ich mich ein wenig nach vorn und versuchte so unauffällig und leise wie möglich mit einer Hand den Verschluss der Ledertasche zu öffnen.

Es gelang mir mühelos, und ich lächelte in mich hinein. Ein großartiges, aufregendes Gefühl von Genuss und Freude überkam mich, wie ich es jedes Mal in einer Diebesstunde erlebt hatte. Mit meiner linken Hand begann ich nun, mehrere Bündel Banknoten abzutasten, die in einem vorderen Fach der Tasche steckten. Die Scheine fühlten sich fest an, als wären sie frisch gedruckt.

Mit bloßem Auge sah man im Abteil kaum noch etwas, denn das Licht war mittlerweile für die Nacht, so weit es ging, heruntergedreht worden.

Eilig packte ich ein Bündel und schob es mir in meinen Kittel, der nun etwas ausgebeult wirken musste.

Als ich ein zweites Mal nach den Banknotenbündeln griff, hielt mich unvermittelt eine Hand zurück. Obwohl ich nicht ängstlich war und mich sehr sicher gefühlt hatte, zuckte ich erschrocken zusammen.

Es war das kleine Mädchen, das ganz nah bei mir stand. «Gehört das Ihnen?», fragte sie mit leiser Stimme.

Zugegebenermaßen war ich einen Augenblick lang erschüttert über die zudringliche Frage. Die tiefschwarzen Augenhöhlen der Kleinen erschreckten mich. Das Licht fehlte, und ich sah nur ihre kleinen Umrisse und spürte ihre warme Hand auf meinem Arm.

Ein Gefühl übergroßen Unbehagens übermannte mich. Tausend Gedanken blitzten auf einmal durch meine Gehirnwindungen: Sollte die Kleine mich bei dem Mann verraten, würden sie mich sogleich in Ketten legen und im Gepäckwagen festbinden!

Das Mädchen rüttelte energisch an meinem Arm. Erschreckt griff ich nach dem Geldbündel in meinem Kittel und versuchte es gerade in Youngs Tasche zurückzustopfen, als diese – schwer wie sie war – ausgerechnet in jenem Augenblick auf den Boden plumpste.

Muffy erwachte, entzündete alarmiert eine Lampe und sah gerade noch, wie das Mädchen das Geld, das ich im Schreck fallen gelassen hatte, zurück in die Tasche legte. «Aber hallo! Du bist also *doch* eine Diebin, du kleines Biest!», schrie er laut und sah prüfend nach seinem Koffer.

Nun erwachten auch die anderen Leute im Waggon einer

nach dem anderen. Und selbst Schaffner Young öffnete die Augen, gähnte und blickte sich verwundert um. Dann tastete er suchend nach seiner Tasche und erblickte sie auf dem Boden, zusammen mit dem kleinen Mädchen, das sich seit Muffys Geschrei nicht vom Fleck bewegt hatte.

«Verflixt!», rief Mrs. Lila gerade. «Die Kleine gehört bestimmt einer Diebesbande an, die im Zug ihr Unwesen treibt! Ich habe es doch geahnt!»

Das kleine Mädchen wich zurück, stand es doch plötzlich inmitten von lauter wütenden Erwachsenen, die es an seinen Ärmchen packten und böse anfunkelten.

«Herr Schaffner!», schrie Muffy, der nun so richtig in Rage geriet. «Sie wollte Ihnen Ihr Geld stehlen!»

Sogleich erhoben sich die Frauen aus dem Milieu mit ihren sparsam bestückten Hüten, dem ungepflegten Haar und den schmutzigen Rocksäumen und zeterten heiser: «Was soll das, lassen Sie das arme Kind gehen!» Und als wäre das nicht schon genug, erhob sich die Alte mit der Brosche und schrie: «Quatsch! Rufen Sie den Sheriff! Ich habe es doch gesagt, dass sie eine kleine Diebin ist!» Sie kreischte sich in Rage, und ihre Stimme überschlug sich: «Ruft den Sheriff, sperrt sie ins Gefängnis!»

Alles geschah so schnell. Plötzlich sah ich, wie Muffy das Mädchen an den Haaren riss und nervös auf sie einredete. Die Kleine wimmerte, was ich aber nur aufgrund ihres Gesichtsausdrucks erkennen konnte, denn der Lärm war ohrenbetäubend. Frauen schimpften, Männer raunzten, Alte gestikulierten wild in der Gegend herum, ein ganzer Schwall an Vorwürfen, Flüchen und falschen Vermutungen füllte den

Waggon, indem es nun schwer nach Wut und abgestandenem Schweiß roch.

Da erhob sich Young und blies in seine Pfeife. Sogleich legte sich die Aufregung, als ob er ein Mann des Gesetzes gewesen wäre. In großer Erwartung starrten alle auf ihn, was ihm sehr wohl bewusst war. Young schob seinen Schaffnerhut, der ihm beinahe im Nacken hing und seine hohe Stirn freigab, mit gebotenem Ernst zurück ins Gesicht und begann zu sprechen: «So! Kann mir mal jemand vernünftig erklären, was um alles in der Welt hier denn passiert ist?»

«Ich habe euch doch schon immer vor der Kleinen gewarnt!», schrie das Tigerauge, das mit der Brosche in der Hand wedelte, als müsste sie alle Anwesenden auf einmal von ihren Vorahnungen überzeugen. Ihr faltiges Gesicht verzerrte sich in nackter Wut.

«Lasst das Mädchen gehen, was hat sie denn schon getan?!», wollten die beiden Prostituierten derweil wissen.

«Na, gestohlen hat sie! Ich habe es mit meinen eigenen Augen gesehen, wie sie das Geld aus der Tasche des Schaffners in den Händen hielt!»

Eine der Prostituierten machte eine steinerne Miene, und ich spürte, dass es ihr noch um ganz andere Dinge ging als um den Diebstahl. Um Dinge, die mit Ungerechtigkeit zu tun hatten, mit Verachtung und Benachteiligung. Ich wusste aus eigener Erfahrung im Milieu, dass das Leben für diese Frauen eine Mordsaufgabe war, von Willkür geprägt, von Angst geführt, von vielen dunklen Szenen ernüchtert.

Es wurde leiser im Waggon, als sie zu sprechen begann: «Deine Version der Geschichte klingt nach einem unverschämten Märchen. Schau dir das Kind an. Es ist gerade mal vier oder fünf Jahre alt, wird allein durch die Welt geschickt, ohne Mutter, ohne Vater, von einem Ort zum anderen. Wie leicht ist es für Menschen, das kleine Mädchen zu ihrem Sündenbock zu machen?»

«Geh mir aus dem Weg!», schrie Muffy. «Du bist hier nicht zuständig.» Erneut zog er mit einem Ruck am Haarschopf des Mädchens. Jetzt hörte ich es wimmern.

«Wenn nicht ich, wer ist dann zuständig?», fragte die Frau, die keinen Schritt von der Stelle wich und stolz die Hände in die Hüfte legte.

«Der Schaffner, du blöde Gans, das siehst du doch. Verschwinde!»

Doch sie rückte nicht zur Seite, im Gegenteil. Sie legte den Kopf in den Nacken und schob das Kinn nach vorn. Mit hochgezogenen Augenbrauen blickte sie ihm tief in die Augen.

Jetzt schlug sie einen neuen, schärferen Ton an, der beinahe intim klang, als habe sie den Mann bei anderer Gelegenheit bereits kennengelernt. Sie sprach so leise, dass ich sie beinahe nicht mehr hörte.

«Weshalb interessiert dich dieser Diebstahl eigentlich so? Liegt es vielleicht daran, dass du Schiss hast, dass dir selbst jemand etwas von deinen Kostbarkeiten da drüben in deinem Koffer wegnimmt?»

«Das geht dich nichts an, zum Donnerwetter noch mal.» Muffy geriet in Rage.

«Niemand reist mit solchen Kostbarkeiten im Gepäck, außer er tätigt Geschäfte, die nicht ganz koscher sind.»

«Du willst mir wohl etwas unterstellen, Flittchen?»

Der Mann wurde nervös, einen Augenblick lang ließ er das Mädchen los.

Es richtete sich auf, wimmerte aber immer noch und rieb sich den Kopf.

Die anderen Leute im Waggon blickten mit düsterem Blick zwischen Muffy und seinem Koffer hin und her. Nun machte sich Misstrauen breit. Die Dame bahnte sich einen Weg durch die aufgebrachte Menge. Ihre Miene verhärtete sich dermaßen, dass auf ihren Gesichtszügen ein dunkler Schatten lag. Einen Fuß setzte sie vor den anderen, bis sie direkt vor dem Mann stand.

«Manche Dinge lassen sich nicht mit einem Sündenbock lösen», sagte die Frau und legte ihre Hand auf seinen Oberarm. Der Mann, dem nun Schweißtropfen über die Augen liefen und der einen überaus ängstlichen Eindruck machte, entwand sich ihr.

«Lass mich in Ruhe, Helene», sagte er.

«Du kennst meinen Namen also noch, Rudolf», zischte sie.

Muffy hieß also Rudolf. Er und Helene begannen nun erregt zu flüstern. «Abgehauen!» und «Unsichtbar geworden!» verstand ich, mehr aber auch nicht.

Und dann geschah etwas, das ich bis heute nicht verstehe. Das Mädchen hatte aufgehört zu wimmern, sondern stand lediglich da und blickte mit erhobenem Haupt und glasigen Augen auf die zwei Streitenden, deren Zähne knirschten und Nasenflügel bebten.

Dann, plötzlich und aus dem Nichts, ließ sich das Mädchen auf die Knie nieder und faltete die Hände. Ihren Mund verließen keinerlei Töne. Ich lauschte, konnte aber nichts hören. Doch in ihrem Gesicht schimmerte eine friedliche Schönheit, die mich urplötzlich mit Freude erfüllte.

Ich gebe es zu, diese Geste hat mich tief bewegt, und ich konnte den Seufzer, der mir aus der Kehle rutschte, nicht verbergen. Auch das Tigerauge seufzte lautstark, als ob sie damit ein Zeichen setzen wollte.

Was war geschehen? Was war mit diesem merkwürdigen Kind los, das sich in diesem Zug immer wieder aufs Neue unmöglich benahm? In einem unangenehmen Delirium, das mir bis heute nicht mehr untergekommen ist, saß ich auf meinem Platz und überlegte, was mich an diesem Kind störte.

Alles, dachte ich leichtfertig, wusste aber, dass das nicht der Wahrheit entsprach.

«Unerhört, wie sich dieses Kind verhält», raunzte das Tigerauge.

Der alte Mann jedoch, dessen friedliche Gesichtszüge ich vor einigen Stunden noch auf meinem Papier festgehalten hatte, lächelte wohlwollend.

Es kam mir so vor, als schnürte mir mein Kragen neuerdings die Luft ab. Ich konnte das Stimmengewirr im Zug nicht mehr ertragen. Deshalb schob ich das Fenster nach oben und hielt meinen Kopf aus dem Zug. Eine kühle Brise legte sich auf mein Gesicht, mein Brustkorb hob und senkte sich, und ich versuchte, etwas zur Ruhe zu kommen.

Im Abteil regte sich etwas, und ich drehte mich um. Young hatte sich vor dem Mädchen aufgebaut. Doch dieses rührte sich nicht, es hatte seine Augen zu und die Händchen, zu einer kleinen Finger- Kugel verschlossen, vor den Mund gelegt.

Young aber wollte nun eine Lösung. Er wirkte arg

angespannt – die aufgeladene Stimmung hatte er regelrecht absorbiert – und blickte sich misstrauisch um. Ich glaube, er befürchtete, dass der Konflikt eskalierte und eine Schießerei ausbrach, wie sie damals immer wieder auf Partys und in Saloons passierten, aber auch auf Zugfahrten und sogar manchmal an Geburtstagsfeiern.

Tatsächlich legte der Schaffner nun demonstrativ die Hand auf seine Pistole. Ich spürte, wie sich mir die Haare aufstellten. – Hoffentlich überreagierte der Kerl nicht!

Er stotterte wütend: «Warum fahren eigentlich alle Dreckskerle immer in meinem Zug mit?! Himmeldonnerwetternochmal, auseinander jetzt! Aber alle! Auf Ihre Sitzplätze, bitte! Und alle die Hände schön hinter den Rücken, niemand krallt sich etwas von Fremden.» Seine nervöse Stimme hob sich noch um eine halbe Oktave.

Ich musste schmunzeln, denn Young brachte mich auf eine gute Idee. Alle Welt in diesem vermaledeiten Zug war auf den Beinen, so dass ich mich auf meinen Job konzentrieren konnte. In Sekunden machte ich mir ein Bild von der Lage, suchte nach offenen Handtaschen, liegen gelassenen Geldbeuteln, unbewachten Rucksäcken und so weiter. Im Großen und Ganzen interessante Beute, die sich auf einfache Weise anerbot, den Besitzer zu wechseln. Gleichzeitig behielt ich Young im Visier, der in der Zwischenzeit zittrig mit dem gefährlichen Eisen in seiner Hand in der Luft herumwirbelte. Sein Gesicht glänzte, und die schwere Tasche wirbelte um den mageren Körper.

«Los, zurück! Die Ansammlung auflösen, Herrschaften!», krächzte seine Stimme, obwohl die meisten Fahrgäste sich schon gesetzt hatten. Nur das kleine Mädchen kniete immer noch auf dem Boden und betete, was Schaffner Young nun vollends aus der Fassung brachte.

«Los, auch du stehst jetzt auf!»

Das Kind rührte sich aber keinen Millimeter, im Gegenteil: Es warf weiterhin inbrünstig Worte dem Himmel entgegen. Sein Antlitz war das einer Porzellanpuppe, und ich muss sagen, ich war erstaunt über so viel offene Frömmigkeit. Jedenfalls fühlte ich mich plötzlich nicht mehr in der Lage, meiner Berufung nachzugehen. Ich räusperte mich erst mal, bevor ich zu sprechen begann:

«Sagen Sie, Mister Young», begann ich bereits etwas müde und angeschlagen, «wie weit, würden Sie sagen, ist es noch bis Calgary?»

Wie ich es erwartet hatte, senkte Young nervös seine Waffe, und in seinem Gehirn begann sichtbar ein Licht zu brennen, wenngleich ein nicht allzu helles.

«Sir, wir sind nicht auf dem Weg nach Calgary. Sie sind offenbar in den falschen Zug gestiegen.»

Jetzt schob er seine kleine glänzende Waffe in das Halfter zurück und kramte in seiner großen Ledertasche nach dem Fahrplan. Dieser war so dick, er hätte damit Mäuse totschlagen können. Satte vierzehn oder fünfzehn Zentimeter Papier wirbelten durch seine Hand, und er suchte nach einer Anschlussfahrt für mich, während sich die Leute im Zug zu sortieren begannen. Sie schlichen an mir vorbei, schoben sich die Kleidung zurecht, und – was ich erhofft hatte – sie ließen von dem eigenartigen Kind ab, das unbeweglich an Ort und Stelle blieb und in sein Gebet vertieft war.

Doch dann näherte sich ihr Andreas, der eigentlich die

ganze Zeit über bei dem Mädchen hätte sein sollen, hob sie mit seinen beiden Armen hoch, legte ihre Hände an seinen Nacken und das Köpfchen auf seine Schultern und trug sie an ihren Platz.

«Ich sage Ihnen, mit diesem Kind stimmt etwas nicht», erklang die Stimme des Tigerauges.

«Wenn Sie mich fragen, war das bestimmt nur ein Ablenkungsmanöver», hörte ich jemanden sagen.

«Wofür?», fragte ich erschrocken.

«Na, da will sich einer an unsere Habseligkeiten heranmachen, während das Kind mit seinem unmöglichen Verhalten alle Leute ablenkt», setzte Tigerauge nach.

«Aber nein, das glaube ich nicht!», gab ich sogleich zu bedenken, und ich versuchte meine Stimmlage nicht zu erhöhen. Ich schüttelte heftig den Kopf und sah, dass Andreas mittlerweile mit dem Mädchen auf eine vertraute und freundliche Weise sprach. «Wie können Sie nur so etwas sagen, Ma'am, finden Sie das nicht ein wenig anmaßend?», sagte ich vorwurfsvoll.

«Schweigen Sie!», feuerte das Tigerauge schnippisch zurück und zog ihre zerpflückten Augenbrauen hoch.

«No, *you* shut up!!», herrschte ich sie an, obgleich ich wusste, wie ungehörig es war, eine Dame zu belehren. «Das Mädchen hat nichts Unrechtes getan, sehen Sie es sich doch an. Es ist die Unschuld in Person. Wie soll es stehlen und Leute betrügen?»

Doch das Tigerauge ließ sich nicht davon abbringen und zeterte: «Ich sage: Sperrt sie weg! Sie will an unsere Sachen!»

Andere nickten. Die Rotte hatte ihren Sündenbock gefunden.

Kapitel 16

Der Coup

Auch wenn ich kein Heiliger war, ließ ich das nicht auf der Kleinen sitzen. «Hallo, hallo!», versuchte ich die Meute zu beruhigen. Und nun gelang mir ein Coup, den die Leute lange nicht vergessen werden:

«Befragen wir sie doch einfach. Wir wollen wissen, woher sie kommt, für wen sie arbeitet und was sie vorhat.»

Ich war der Dompteur und die anderen Passagiere die Löwen, die wild und erwartungsvoll nickten. Ich ließ sie im Glauben, eine Befragung würde Licht ins Dunkel bringen, obwohl ich wusste, dass *echte* Diebe nie etwas preisgeben. Tatsächlich wollte ich ausschließlich Zeit gewinnen, damit das Mädchen von der Meute nicht überrannt wurde. Ich lenkte mit theatralischer Bewegung ab und kniete mich vor das Mädchen hin, das nun wieder auf seinem Platz saß und ihre kleinen Beinchen baumeln ließ.

«Kleine, willst du uns von dir erzählen?», fragte ich in erwartungsvoller Haltung – natürlich war alles nur gespielt. Die Leute stellten sich um uns herum und sahen auf mich und das Mädchen herunter.

Es nickte willig, aber eingeschüchtert.

«Wo kommst du her?»

«Ich wohne in New York City, Sir», sagte sie äußerst leise.

«Und wo ist deine Mama?»

«Meine Mama ist im Himmel.»

«Deine Mama ist tot?»

«Nein, Mama ist im Himmel.»

«Wo wohnst du denn?»

«Ich wohne im Waisenhaus, Sir.»

«In welchem Waisenhaus denn?»

«In einem roten Haus aus Ziegelsteinen.»

«Und wo ist das genau?»

«Das weiß ich nicht, Sir.»

«Aber sag mir, Kleine, wo fährst du denn hin?»

«Ich fahre in ein anderes Waisenhaus, Sir.»

«Weißt du denn, weshalb?»

«Nein, Sir. Aber Mrs. Dropsen sagte, dass ich nicht bleiben dürfe, weil sie kein Bett mehr für mich hat.»

«Oh! Das arme Kind», entfuhr es Mrs. Lila.

«Weißt du denn, weshalb dich niemand begleitet?»

«Weil Mrs. Dropsen keine Zeit hat, mich zu begleiten.»

«Nun, gutes Kind …», hob ich gutmütig an, und es strengte mich an, auf solch langsame und väterliche Weise zu sprechen. «Wie heißt du denn, liebes Kind?», fragte ich großherzig.

«Mein Name ist Palomina», sagte das kleine Mädchen in zurückhaltendem Tonfall. Sie sagte es leise und aufrichtig.

Im gleichen Augenblick, ja noch während sie es aussprach, drang Übelkeit in meinen Hals und in meine Brust, der Druck in meinem Innern wurde immer heftiger, und ich dachte für einige Sekunden, ich müsste mich übergeben.

Schweigen.

Stille.

Es fehlte mir an Kraft. Tausend Erinnerungen schossen mir durch den Kopf. PALOMINA. Ich war erschüttert über diesen Namen, und die Kontrolle über meinen Körper entglitt mir. Und da war nichts als Eiseskälte.

«Was sagst du da?», fragte ich sie erneut.

Das Mädchen blickte mich fragend an, als spräche ich eine fremde Sprache.

«*Wie* ist dein Name?», fragte ich sie ungläubig.

«Palomina», gab sie schüchtern zurück.

Ich hatte meine Hände nicht mehr unter Kontrolle, schwankte und bebte am ganzen Leib.

«Sie sehen ziemlich beschissen aus, weiß wie ein Laken», sagte Muffy, der mich mit der Hand in den Rücken stieß.

Wenn das Schicksal zuschlägt, dann richtig: An diesem Tag war es bei mir also so weit. Ich wachte aus meiner bleiernen Erschütterung auf und begann verzweifelt, das Kind an den Armen zu rütteln.

«Bist du sicher, dass das dein *richtiger* Name ist?», sagte ich ungeduldig, skeptisch, aber auch verzweifelt.

«Yes, Sir», sprach sie verängstigt.

Eine Wut überkam mich, die sich sonderbarerweise gegen das Kind richtete. «Weshalb sitzt du mit mir im selben Zug, los, sag schon!», schrie ich.

«I don't know», antwortete das Mädchen in ruhigem Ton, und gerade das brachte mich zur Weißglut.

Mir blieb die Luft weg, das Sprechen war mir nicht mehr möglich. Nun machte das Mädchen große Augen.

In meinem Kopf begannen sich die Erinnerungen wie

Fragmente zu einem Spiegel zu verschmelzen. Benommen von vielen Gedanken, vor denen ich weglaufen wollte, schluckte ich schwer. Nun öffnete das Schicksal überraschend seine Tore und nicht das Kind, das in diesem Augenblick von einer unklugen Meute befragt wurde, sondern ich saß verstört und verbittert auf der Anklagebank. Mit überlegener Miene lud mein Leben mich ein, in die vernichtende Hölle der Wahrheit einzutreten. Ich verspürte ein Gefühl von Ekel und Scham über mich selbst und hoffte, dass das Ganze sogleich ein Ende finden würde, dass es nur ein Traum war. Mit Gewalt erzwang sich die Vergangenheit Zutritt zu meinem Gedächtnis. Das Ereignis, das ich viele Jahre erfolgreich verdrängt hatte, spielte sich in meinem Kopf erneut ab.

Kapitel 17

Flashback

An einem Abend im Jahre 1907 – ich feierte gerade meinen 29. Geburtstag – gebar im Bordell meiner Cousine ein Mädchen namens Berta, eine Italienerin, ein Kind. Die Geburt wurde von einer Hebamme namens Rebekka Harrys begleitet, die in ganz New York für ihre Kaltherzigkeit bekannt war. Alles nannte sie hinter vorgehaltener Hand «Bekky Death», weil sie die vielen unehelichen neugeborenen Kinder, die sie mit den Müttern mühevoll zur Welt gebracht hatte, sobald wie möglich an Engelmacherinnen weitergab. Die Kinder wurden an adoptivwillige und reiche Eltern vermittelt, oder man ließ sie einfach bei den Engelmacherinnen verhungern. Bekky Death hatte sich im New Yorker Milieu ein lukratives Geschäft aufgebaut und war bekannt dafür, auch andere an ihren Einkünften teilhaben zu lassen, wenn sie ihr schwangere Frauen in ausweglosen Situationen zuspielten.

Ich hatte damals den Job als Türsteher und Aufseher im Bordell meiner Cousine Joleen gerade erst angenommen, war unerfahren und jung.

Man legte Berta nahe, das Kind nach der Geburt der Hebamme abzugeben, um danach bald weiterarbeiten zu können. Doch nach der langen und schweren Geburt, die rund dreizehn Stunden gedauert hatte, drückte Berta ihre kleine verschrumpelte Tochter an ihre Brust und zischte jeden an, der sich ihr oder dem Kind auch nur näherte.

Sie verteidigte ihr Kind wie eine Löwin und ließ niemanden in ihr Zimmer. Wir versuchten beschwichtigend auf sie einzureden und, als das nichts nützte, sie zu bestechen. Sie lehnte alles ab.

Tage darauf gab es im Bordell einen Aufruhr, denn viele der Mädchen hatten bereits ihre Neugeborenen, oftmals unter Weinen und Gezeter, abgeben müssen. Das kleine Mädchen brachte Proteste, Zerwürfnis und Widerstand in die Reihen der Frauen, was meine Cousine zuerst nur ungeduldig, danach aber wütend machte.

Eine Woche nach der Geburt, es war nachts um zwei Uhr, trug sie mir auf, das Kind aus dem Zimmer zu entwenden; sie würde Berta dafür aus ihrem Gemach locken. Das gelang jedoch nicht. Berta traute keinem im Bordell und trug das kleine Mädchen, das sich nun in wenigen Tagen zu einem wunderschönen Kind entwickelt hatte, immer auf ihrem Arm, auch wenn sie schlief.

Wenn sie das Kind im Bordell herumtrug, begannen die Frauen zärtlich mit dem Säugling zu sprechen, es zu liebkosen und Hände und Füße des Babys zu küssen. Irgendwann gewöhnten sich die Frauen an das kleine süße Mädchen, das meistens schlief oder sonst gierig Muttermilch trank.

Im Haus spürte man, dass sich die Gedanken um neue Dinge drehten: um das erste Glucksen, ein überraschendes Lächeln, das Geräusch des Saugens an der Brust der Mutter, ein zartes Händchen, das sich um Mamas Hals legte. Berta sang oft Lieder für ihr Kind. Es waren alte italienische Schnulzen, die die Frauen zum Weinen brachten. Obwohl ich jung und gänzlich unerfahren war, was Neugeborene betrifft, war selbst ich zeitweise fasziniert und berührt von der Schönheit dieses Kindes. Einmal erwischte ich mich dabei, wie ich mit ihm sprach, es war ein sinnloses Gebrabbel und Gesülze, das aus meinem Mund kam, aber das Kind verzog den Mund zu einem Lächeln, und mir war, als hätte das Kind in diesem Augenblick eine menschliche Brücke gebaut, die sich für mich wie Glück und Behagen anfühlte.

Natürlich spürte meine Cousine das große Wohlwollen und die Zuneigung, die dem Kind zukamen, und zog bald einen Schlussstrich, denn sie wusste, dass die Symbiose von Mutter und Kind in einem Bordell dem Geschäft beträchtlichen Schaden zufügte. Die Herren, die jeden Tag die Damen besuchten, fühlten sich gestört von dem Kind. Denn es brachte bei jedem Einzelnen das Ergebnis seiner lustvollen Tätigkeit in Erinnerung und schreckte deshalb vor einem weiteren Besuch ab.

Aus diesem Grund trug mir meine Cousine auf, das Kind unter allen Umständen aus dem Haus zu beseitigen, egal, auf welche Weise. Allerdings wurde die Sache viel schwieriger, als wir uns das ausgemalt hatten. Denn ich mochte Berta, und ich mochte auch dieses Kind sehr. Mein Herz wurde schwer, wenn ich daran dachte, dass ich derjenige sein würde, der die Mutter von ihrem Kind trennen würde. Denn die Kleine war es gewesen, die meinen dumpfen Alltag erhellt hatte. Sie war es gewesen, die bei mir Gefühle der glücklichen Erwartung und der Fürsorglichkeit ausgelöst hatte, obwohl ich zuvor ein griesgrämiger, ja grimmiger Türsteher gewesen war.

Wie ist es möglich, dass ein so kleines Wesen Neid, Angst, Missgunst und Feindschaft mit einem Mal die Wucht nehmen kann und stattdessen erhabene Gefühle auslöst? Während ich das Kind sah und mit ihm sprach, hatte ich oft an meine liebe Mutter gedacht, die stets mit so großer Hingabe für mich gesorgt hatte. Das Kind hatte in mir eine Sehnsucht ausgelöst, mich an die wertvollen Dinge in meinem Leben zu erinnern.

Es dauerte etwa vier Tage, bis ich wusste, wie ich das Kind von der Mutter wegbringen konnte. Ich hatte in keiner dieser Nächte geschlafen, hatte mich elend gefühlt und brauchte viele Flaschen Bier, um mich zu betäuben. Ich wurde ab dem dritten Tag sogar krank, denn mein Gefühl sagte mir: Es ist unrecht, was ich tun muss. Sie fragen nun, was mich dazu gebracht hat, es trotzdem zu tun?

Wenn man jung ist, will man die Welt erobern, man will alles tun, um sich Geltung zu verschaffen. Das ist auch der Grund, weshalb man als junger Mensch ins Unrecht hineingezogen wird. Die Geltungssucht hat mich zu dieser Tat getrieben. Auf keinen Fall wollte ich scheitern an meiner Aufgabe, im Bordell für Ordnung zu sorgen. Meine Cousine hätte mich wegen der Gefühle verachtet, die ich für Berta und ihr Kind hegte. Sie hätte meinen Ruf in den Schmutz gezogen, sie hätte mich fertiggemacht im Milieu, und damals hatte ich nichts als nur diesen einen Ruf. Ein bedrohlicher Krimineller zu sein war für mich das Größte damals. Ich war derjenige, der die Karten zinkte und mischte, der sie ausgab und sämtlichen Gewinn einspielte. Das wollte ich nicht einfach so aus der Hand geben.

An einem Nachmittag im September 1907 atmete ich also schweren Herzens durch und machte mich auf den Weg zur Arbeit. Ich schlenderte in Richtung Freudenhaus, kaufte mir unterwegs noch eine neue Zeitung und stand bald vor der Eingangstür des Bordells. Ich drehte den Schlüssel umständlich im Schloss. Was mir sonst stets leichtgefallen war, erschien an diesem Tag äußerst schwierig: Es strengte mich an, die schwere Tür zu öffnen, die Füße für die drei Stufen hinauf in den Eingangsbereich anzuheben, die Damen, die sich im Salon versammelt hatten, in normalem Tonfall zu begrüßen. Berta und ihr Kind waren nicht anwesend, sie mussten auf ihrem Zimmer sein. Am liebsten hätte ich mich vor meiner Cousine versteckt, die nun ungeduldig und wichtigtuerisch angerauscht kam. Mit wütendem Gesichtsausdruck gebot sie mir, endlich mit «der Sache» fertig zu werden. Es war an der Zeit.

Ich stieg die steile Holztreppe zu den Zimmern hoch und spürte eine unerträgliche Anspannung, die sich in meinem Nacken und langsam auch in meinem Kopf breitmachte. Vorsichtig klopfte ich an Bertas Tür am Ende des Flurs, die nicht sofort geöffnet wurde. Ich musste vielmehr einige Minuten warten, hörte rumpelnde Geräusche und Flüstern, dann öffnete Berta ihre Tür. Ein Duft von Vanille und Lavendel umgab sie, und ich sah das Kind eingewickelt in eine hellblaue Wolldecke auf dem Bett liegen. Es schlief tief und fest. Seine

Arme lagen an seinem Kopf, die Hände zu kleinen Fäustchen geballt und die Füße wie Würmchen an seinen Leib gezogen. Das greisenhafte Gesicht des Kindes lächelte im Schlaf unaufhörlich.

Von Anfang an wusste ich, dass das ganze Unterfangen eine schändliche Tat war. Ich war in einem Zustand aus sonderbarer Aufregung und Unwille. Es kam mir alles unwirklich vor. Wie mit meiner Cousine vereinbart, flüsterte ich der Mutter zu, eins der Mädchen brauche dringend Rat, es sei ein Fall von Gewaltanwendung. Berta war immer gleich hilfreich zur Stelle, wenn eins der jungen Mädchen in Probleme geriet. Deshalb blickte sie nur für Sekunden zu ihrem schlafenden Kind zurück, das sie ja bloß einen Moment lang im seligen Schlaf zurücklassen wollte. Ein liebevoller, warmer Blick war es, und er berührte mich.

Sie lief eilig die Treppe hinunter und verschwand zu dem Mädchen, das angeblich ihre Hilfe brauchte. Der Moment war gekommen, in dem ich das Kind vom Bett heben und aus dem Zimmer stehlen konnte. Das Baby war federleicht und zerbrechlich wie feinstes Porzellan. Ich stützte seinen Rücken mit meiner Hand und sein Köpfchen ruhte seitlich auf meiner Brust. Dann stieg ich vorsichtig, um es nicht zu wecken, über die Feuertreppe die Stockwerke hinunter und warf mich auf der Seitenstraße eilig in ein Taxi, das meine Cousine zuvor bestellt hatte. «Los, fahren Sie schon!», rief ich aufgelöst.

Mein Herz schlug wie verrückt gegen meinen Brustkorb. Eine Weile dachte ich, dass es aussetzen könnte, es hüpfte auf und ab, und plötzlich blieb es stehen. Ich ängstigte mich zu Tode, dachte, dass ich in diesem Moment gleich in dieser schmutzigen Motordroschke sterben müsse, und dass das nun die Strafe Gottes für meine Tat sei. Das Baby schlief derweil weiter, als sei der bebende warme Brustkorb seines Entführers das gemütlichste Bett.

Bekky Death wartete bereits in ihrem Häuschen auf mich, das in einer schönen Wohnlage im Südwesten von New York lag, mit Gartentor, üppiger Terrasse und heller Eingangstür. Ich drückte die silberne Klingel, im Arm das Kind, und gerade zu diesem Zeitpunkt begann sich das kleine Neugeborene zu strecken. Es hob seine Arme, gähnte ohne Geräusch und öffnete seine Augen. Im warmen Licht von Bekky Deaths Terrasse schimmerte ein wunderschönes Augenpaar, das mich neugierig anblickte. Die Friedlichkeit dieser Kinderaugen verzauberte mich.

Und das war der Moment, an dem mir die wahre Tragweite meiner Handlung bewusstwurde: Der Himmel spiegelte sich in den Augen eines unschuldigen Wesens, und ich war im Begriff, es zu zerstören! Mich erfasste Ekel vor mir selbst. Ich hatte zwei Menschen das Liebste in ihrem Leben entwendet, Mutter und Kind entzweit.

Gewissensbisse beklemmten mich auf eine Weise, die ich bisher nicht gekannt hatte, und ich ahnte, dass die Reue über diese Tat mich nicht mehr loslassen würde.

Bekky Death hatte mich bereits erwartet und öffnete nun die elegante Holztür in einem schwarzen Korsettkleid mit Rüschen. «Na, ein Päckchen dabei?», fragte sie unumwunden und lächelte auf eine Weise, die ich verabscheute. Sie ließ mich in ihr prachtvolles Haus eintreten, doch an jenem Tag war ich nicht in der Verfassung, es zu bestaunen, denn ich war mit dem Kind beschäftigt, das mich immer noch mit Erstaunen und Neugier betrachtete und nichts weiter tat, als mich anzuschauen und gierig an seiner Faust zu saugen. Es verstörte mich, dass es immer noch nicht weinte, sich weder sträubte noch zappelte.

Bekky Death betrachtete die Szene mit zusammengekniffenen Augen und schob mich dann durch den Eingangsbereich hinein in einen verdunkelten Raum im Erdgeschoss. Sie war unruhig, und ihre Stimme klang verächtlich: «Los, rein da mit dir!»

Wir standen in einem Zimmer, dessen Vorhänge zugezogen waren. Schemenhaft erkannte ich eine Couch mit geschwungener Form, wir mussten also in Bekkys Wohnzimmer sein. Herrisch sagte sie: «Setz dich! Ich bin gleich wieder da.»

Ich setzte mich auf die Couch, die sehr bequem war mit dicken Kissen und einer breiten, ausladenden Lehne. Trotz der Dunkelheit sah ich, wie mich das Kind weiterhin anblickte. Seine Augen schimmerten mir entgegen, und ich hörte das kindliche Sauggeräusch. Die Laute des Babys klangen aufdringlich und unangenehm für mich, denn sie erinnerten mich daran, wie wehrlos das Kind war.

«Bekky?», rief ich.

Doch es kam keine Antwort.

Dann spürte ich, wie das Kind seine feuchte Hand auf meine Brust legte, und es durchfuhr mich ein Gefühl von Zuneigung. Ich nickte dem Kind schweigend zu, und es blickte mich mit seinen schwarzen Augen still an. Jetzt war ich es, der dem Kind hilflos ausgeliefert war.

Endlich tauchte Bekky auf und hielt mir eine Tasche entgegen: «Hier, pack das Kind da rein.» Sie warf mir etwas vor die Füße, das aussah wie die aufklappbaren Koffer aus Leder, die Ärzte zu einem Hausbesuch mitbringen.

«Aber, du kannst doch dieses Kind nicht …», sagte ich zögerlich.

«Los, los!», rief Bekky Death mit Nachdruck.

Ich erhob mich, legte die Kleine auf das Sofa, griff nach der Tasche und öffnete sie. Vorsichtig und argwöhnisch bettete ich das Kind in der Ledertasche, die nach Staub roch. Endlich begann es zu weinen, und ich war zuerst erleichtert, was ich aber einige Minuten später wieder bereute. Denn von nun an weinte das Kind unaufhörlich, und es war ein klägliches, verlorenes Schreien, kein leises Wimmern oder Jammern.

Bekky forderte mich auf, ihr zu folgen, nahm die Tasche mit dem Kind und lief schnurstracks mit ihm durch einen Seiteneingang ihres Hauses hinaus auf die Straße, schob dort die Tasche in ein Auto und zwang mich, einzusteigen.

«Los, ich brauche dich!», zischte sie nervös.

Wir fuhren ungefähr 45 Minuten durch die Stadt, die voller Menschen auf der Suche nach Unterhaltung und Genuss war. Auf dem Rücksitz schrie das Kind, und ich spürte, dass es nach seiner Mutter rief. Ich bekam Kopfschmerzen und noch mehr Gewissensbisse, mein Nacken wurde steif. In diesem Augenblick begann ich mich selbst zu hassen für meine Tat, für die Trennung des Kindes von seiner Mutter, ja, für alles, was ich bisher in meinem Leben getan hatte, das zu diesem Moment geführt hatte. Ich schämte mich und verachtete mich.

Bekky Death hingegen machte das Klagen des Kindes nichts aus. Sie ließ sich vom Schreien des Babys weder ablenken noch mürbe machen. «Das ist immer so», verkündigte sie laut, um das Weinen des Kindes und das Brummen des Fahrzeugs zu übertönen. «Aber nach ein paar Stunden hören sie alle auf.»

Die eiskalte Unbeugsamkeit, mit der sie das sagte, hinterließ in mir ein seltsames Gefühl, und ich schwieg. Während der Fahrt sprachen wir nicht mehr, und ich rätselte, was dieser Hebamme in der Vergangenheit wohl zugestoßen war, dass sie so rigoros und kaltblütig handeln konnte.

Wir zweigten in eine enge Gasse ab und hielten vor einer Holztür.

«Nimm das Kind. Wir gehen rein», sagte sie in scharfem Tonfall.

Die Kleine wimmerte erschöpft, und ich nahm sie aus der Tasche und wiegte sie in meinen Armen, damit sie sich beruhigte. Das Kind war äußerst verstört und aufgewühlt, schluckte einige Male, schnappte nach Luft, hob den Kopf, schob ihn zur Seite, schlug sich mit den Händen an den Kopf und jammerte so herzzerreißend, dass ich es wärmend und schützend an meine Brust drückte.

Bekky Death klopfte an die Tür, die innerhalb weniger Sekunden geöffnet wurde. Man erwartete uns bereits. Hinter der Hebamme betrat ich das Haus. Dicke Luft empfing uns, denn im Flur gab es keinerlei Fenster. An der Tür stand eine dünne, ja beinahe knochige Frau, die mich erschreckte.

«Kommen Sie und machen Sie keinen Lärm.»

Wir folgten ihr eine Treppe hinauf. Ich hielt mich an einem speckigen Handlauf fest, es roch nach Bohnerwachs und abgestandener Luft. Dann öffnete die Knochige eine Tür, und wir kamen in einen großen Raum, in dem viele kleine Bettchen standen. Eine winzige Gaslampe warf lediglich ein blasses Licht auf die in Laken eingewickelten Päckchen, die auf schmutzigen Matratzen lagen. Alles in diesem Zimmer roch nach Verwahrlosung. Nichts erinnerte an ein liebevolles Zuhause, wie ich es aus meiner Kindheit gekannt hatte. Es war eisig kalt. Der Umstand, dass mitten im Raum ein unbeheizter Ofen stand, bedrückte mich. Denn ein Korb gefüllt mit Feuerholz lag unberührt davor.

Ich blickte mich um und drückte das Kind, das wir mitgebracht hatten, noch näher an mich. Ich spürte es atmen.

Im Zählen war ich noch nie schnell gewesen, auch im Rechnen konnte ich keinem das Wasser reichen, aber in diesem einen Zimmer zählte ich innerhalb von Sekunden achtzehn belegte Betten. Die Kinder waren eng verschnürt, hatten kaum Bewegungsfreiheit. Es war warm, roch nach Staub, modrigen Wänden und nach einem Gemisch aus Kot und saurer Milch. Auf einem runden Tisch standen medizinischer Alkohol, Puder und Salbe.

Ich machte einen Schritt ins Zimmer, und meine Befürchtungen bestätigten sich: Neben einem Schrank stapelten sich drei Kindersärge. Mein erster Gedanke war: Das kann doch nicht wahr sein!

Am hinteren Ende des Raums saß eine äußerst üppige Amme, die ein Kind auf dem Arm hielt und es stillte. Es wirkte klein, als hätte es nie genug Nahrung erhalten, der Kopf schmal und eingefallen, es hustete und spuckte, und die Hebamme schimpfte leise mit dem Kind, das sie danach wieder an die Brust hielt.

Nun kam Bewegung in die Sache. Bekky verhandelte mit der Knochigen, die schnell ins Fluchen geriet. Offensichtlich gab es Unstimmigkeiten wegen dem Preis.

«Lügnerin», sagte die Knochige wütend, «wir hatten fünfzehn Dollar vereinbart. Weißt du nicht mehr?» Und zu mir sagte sie harsch: «Du schuldest mir achtzehn Dollar.»

Erst später begriff ich, dass sich Bekky und die Knochige einen Kinderhandel aufgebaut hatten, der bis ins kleinste Detail Geld abwerfen musste. Die Leute, die Kinder loswerden wollten, zahlten der Knochigen achtzehn Dollar, Bekky aber bekam für die Vermittlung eines Kindes fünfzehn Dollar. Und später verkaufte man das Kind vermutlich für das Drei- oder Vierfache an Adoptiveltern – falls sich solche fanden.

Ich stand ratlos herum, begann meine Tat bitter zu bereuen, hielt das wimmernde Neugeborene in meinem Armen und fühlte mich wie ein Schweinehund. Doch mir fehlte in dem Augenblick der Mut, aus diesem muffigen Haus zu laufen, in ein Taxi zu steigen und das Kind seiner Mutter zurückzugeben. Ich war mir dessen voll bewusst, dass ich etwas Falsches tat, trotzdem folgte ich den Anweisungen der rücksichtslosen Bekky Death, die um Geld feilschte, das Kind aus meinen Armen riss und es dann der Knochigen übergab.

Der Handel war vollzogen.

Wie benommen ging ich aus dem Raum und fühlte mich müde, als hätte ich den ganzen Tag Bäume gefällt und zersägt. Obwohl ich kein Kleingeist war und nie an Gott geglaubt hatte, wusste ich, dass mich das Schicksal von diesem Tag an nicht mehr aus den Augen lassen würde. Auf mir unverständliche Weise fühlte ich mich beobachtet, auch wenn es kein menschliches Wesen war, das mich verfolgte.

Ich gab dem Haus den Namen «Knochenhaus», weil mich alles darin anwiderte.

In den nächsten Wochen versuchte ich die Erinnerung an meine Tat mit Alkohol und teuren Zigaretten auszulöschen. Doch es brachte alles nichts, denn ich fand keinen Schlaf mehr, taumelte Tag und Nacht von der Arbeit in meine kleine Wohnung, und alles fühlte sich an wie ein einziger Tag, der nie zu Ende ging.

Was mich aber tatsächlich am härtesten traf, war die Tatsache, dass ich nicht einmal Berta aus dem Weg gehen musste. Sie hatte sich in ihr Zimmer eingeschlossen, sprach mit niemandem mehr und hatte auch aufgehört, zu arbeiten. Die Frauen, die diesen Wahnsinn beobachtet hatten, wussten nicht, auf welche Seite sie sich schlagen sollten. Erst verbündeten sie sich mit Berta, fluchten über uns und spuckten mir auf die Füße, weil sie wussten, wer das schöne und liebenswerte Kind entwendet und verkauft hatte. Wochen später schlug dann aber ein neuer Ton an: Sie verachteten Berta, weil sie sich nicht mehr zu ihnen gesellte, verfluchten ihre Art, sich den Dingen zu verweigern und mit ihren Problemen umzugehen.

«Die Dame will nichts mehr mit uns zu tun haben», spekulierten sie.

«Sie hat es nicht anders verdient», sagte eine verbitterte ältere Prostituierte.

«Das Leben geht weiter!», schrie eine junge Frau mit großem Selbstbewusstsein, die offensichtlich noch nie hatte richtig leiden müssen.

Meine Cousine hatte noch versucht, Berta Mahlzeiten aufzuzwingen, doch Berta verweigerte sich. Sie aß nicht mehr, und noch viel schlimmer: Sie trank irgendwann auch nicht mehr. Eines Morgens brachen wir ihre Tür auf und fanden sie leblos auf ihrem Bett. Sie hatte alle Babysachen schön geordnet neben sich liegen.

Nach vierundfünfzig Tagen war Berta, eine junge Mutter, am Kummer über den Verlust ihres Kindes gestorben.

Unter all den vielen ungerechten Dingen, die ich getan hatte, war diese Tat wohl die schlimmste. Das wusste ich damals, und das habe ich auch nie wieder vergessen.

«Man tut, was man kann», hatte meine Mutter immer gesagt. Und ich hatte mir diesen Spruch als Floskel angewöhnt, weil er meine Entscheidungen auf einfache Art und Weise legitimierte. Aber von diesem Tag an brachte ich den Spruch nie mehr über die Lippen. Denn er stand mir nicht mehr zu.

Ich ging nach Bertas Tod drei Wochen lang nicht zur Arbeit, wanderte ziellos in meinem Zimmer auf und ab, stand stundenlang regungslos am offenen Fenster, bis ich schließlich schwer krank wurde. Hohes Fieber plagte mich, ein Schmerz auf der Brust, der sich bis in den Kopf hinaufzog, mir furchtbare Kopfschmerzen bereitete. Es war keine gewöhnliche Krankheit, das war mir klar. Weder Grippe, noch

Cholera, auch kein Typhus, all die Seuchen, die man besonders im Sommer in der Stadt kannte und die gefährlich und wahllos um sich griffen. Ich begann mit mir selbst zu reden, tat aber so, als würde jemand anders zu mir sprechen:

«Hast du ihre traurigen Augen gesehen? Weißt du eigentlich, was du getan hast? Ist dir nicht klar, was es für eine Mutter bedeutet, ihr Kind zu verlieren?»

Anfangs war ich noch zu stolz, den Sachverhalt zu begreifen, antwortete mir selbst: «Es gibt so viele Mütter, die ihre Kinder verlieren! So ist das Leben.»

Aber mein Gewissen gab sich damit nicht zufrieden und erwiderte: «Und was willst du dem Kind sagen, falls es mal vor dir steht?»

Und ich schrie mich selbst an: «Ich bin dem Kind keine Antwort schuldig, es ist nicht mein Kind, und es kümmert mich nicht!»

Ich schwieg eine Weile und stand am Fenster. Es dämmerte – innerlich und äußerlich. Das Fieber wollte nicht sinken, als hätte es sich mit meinem verletzten Gewissen verbündet. Dann überlegte ich, ob ich mich rausstürzen sollte, öffnete das Fenster und realisierte im selben Augenblick, dass ich mir mit dem Sturz aus dem zweiten Stock nur die Knochen brechen würde. Und dann sah ich eine Mutter mit ihrem Kind auf der Straße, sah, wie sie es hochhob. Es war klein, konnte kaum gehen, es wackelte auf den Beinen, war schwach, trug ein schwarzes Mäntelchen und ein rotes Haarband. Zärtlich küsste die Mutter das Kind auf die Stirn, sprach mit ihm, ich hörte sie singen, und das Kind summte mit.

«Weißt du, was es für ein Kind bedeutet, ohne Mutter aufzuwachsen?»

Deprimiert schwankte ich zu meinem verschwitzten, stinkenden Bett und legte mich hin wie ein Sterbender ins Grab. Den Kopf im Kissen schrie ich, so laut ich konnte: «Ich weiß es, ja! Ich hatte auch eine Mutter, und ich habe sie geliebt!»

Und dann weinte ich so lange, bis ich mich selbst nicht mehr hörte, weil meine Stimme erstickte.

Ich habe den Tod verdient!, ging es mir durch den Kopf.

Der Hass auf mich selbst war so groß, dass ich auf einen Arzt verzichtete, obgleich ich ihn mir hätte leisten können. Ich sagte zu mir: Das hast du nicht anders verdient, stirb endlich, wenn du musst.

Ich starb nicht, sondern begann wieder zu essen. Allerdings war mir alles zuwider. Nach jener Tat habe ich lange nicht in einen Spiegel gesehen, mied jegliche Spiegelungen, hasste es, wenn ich mich in einem Schaufenster erblickte.

Zurück bei der Arbeit fragte mich Joleen, was los war. Ich sagte ihr: «Lass mich in Ruhe.»

Als Erstes wurde ich dazu aufgefordert, das Zimmer von Berta zu räumen. Offenbar hatte sich noch niemand darum gekümmert. Beim Betreten war alles dunkel. Sie hatten die Jalousien verschlossen, wollten nicht, dass Sonne hineinfiel. Nachdem ich sie vorsichtig geöffnet hatte, fiel Licht auf Bertas Bett, und es drehte mir den Magen um. Über die Treppe lief ich in den Abort und übergab mich. Ich musste drei Zigaretten rauchen, um mich so weit zu beruhigen, dass ich wieder ins Zimmer zurückkehren konnte. Auf dem Bett lag eine Kiste mit Babysachen und Kinderspielzeug. Ich nahm die Kiste und warf sie achtlos und empört aus dem Raum in den Flur. Jetzt ging alles schnell. Berta besaß nur einfache Kleider, ein paar Bücher, eine Bibel, die zerlesen war, und ich dachte neidisch: Weshalb kann sie so gut lesen, und ich habe es in der Schule nicht übers Niveau eines stotternden Leseanfängers gebracht?

Die wohlgeordneten Kindersachen habe ich nach der Räumung alle weggeworfen. Als Letztes stieß ich in einer Schublade auf ein kleines Armband des Mädchens. Darauf stand ihr Name. Langsam entzifferte ich, stotternd und mit trauriger Stimme:

«P…A…L…O…M…I…N…A»

Diesen Namen konnte ich niemals wieder vergessen.

Kapitel 18

Licht!

Aber zurück ins Jahr 1913, zum Zug, zur aufgewühlten Meute, die noch immer um mich und das Mädchen herumstand. Wie in einem Film waren die schrecklichen Ereignisse von damals in rasanter Abfolge vor meinem inneren Auge abgelaufen.

Da stand ich nun, und mir war, als hätte mich das mahnende Schicksal mit Wucht in einen hellen Lichtkegel gestellt. Ich konnte es einfach nicht fassen, dass Palomina vor mir stand. Sie war so ein hübsches Kind geworden, das sprechen konnte, ein Eigenleben führte, Gefühle, Gedanken, Entwicklungen durchmachte, das mit dem Zug reiste und … sich vielleicht sogar an mich erinnerte? War das möglich?

Wie aus dem Nichts kam mir die Idee, mich sogleich am nächsten Bahnhof aus dem Zug abzusetzen.

Doch etwas hielt mich davon ab.

Was sollte ich tun?

Ich begann zu flüstern und wiederholte: «Das ist nicht möglich, nicht möglich ist das!»

Tigerauge drängte sich auf und fragte, *was* denn, bitte, schön nicht möglich sei? Muffy rief, «so eine» gehöre ins Gefängnis.

Betretene Stimmung.

Die Leute waren aufgewühlt, bestürzt und entrüstet.

Starr vor Schreck und gelähmt von schweren Schuldgefühlen, legte ich ihr die Hand auf den Kopf und blickte das Mädchen an. Sie hatte wunderschöne dunkle Augen. Dieselben Augen, die mich damals an dem Tag, als ich sie aus Bertas Zimmer trug, neugierig gemustert hatten. Darauf konzentriert, mich nicht vor all den Leuten gehenzulassen, sagte ich leise:

«Palomina bist du also?»

Betreten ließ ich das Kind los und setzte mich auf den schmutzigen Boden.

«Was machen wir jetzt mit dem Mädchen?», krächzte das Tigerauge.

Andreas drängte sich unsicher durch die Menge.

«Ich werde sie nicht mehr aus den Augen lassen», versuchte er die Leute zu beruhigen. Über die Köpfe der Reisenden hinweg hielt er einen Keks, als müsse er das Kind mit Süßigkeiten heranlotsen.

Doch die Fahrgäste ließen nicht ab von dem Kind, und erst recht nicht von Andreas. Sie stritten und schrien, zogen es an den Armen, am Mantel, schubsten es herum.

Niemand achtete auf mich. Ich starrte vor mich hin. Soweit ich mich zurückerinnerte, hatte ich nie Mitgefühl für andere Menschen. Ich konnte mich nicht entsinnen, mich jemals für jemanden verwendet zu haben. Nicht einmal ein oberflächliches «How are you?» kam mir über die Lippen. Wie geht es Ihnen? Was macht Ihr Ehemann? Geht es Ihrer Großmutter gut? Die Antworten auf solche Fragen interessierten mich nicht. Nun aber wütete dieser Kampf in mir, ein schrecklicher Kampf, während ich da auf dem Boden saß und die Menge um mich herum tobte.

Wenn jemand seine grundlegenden Überzeugungen ändert, dann ist das meist ein radikaler Schritt. Und genau so war es bei mir. Als hätte jemand in meinem Kopf endlich ein Licht entfacht, das auch die letzten Ecken der Hirngewinde erreichte – die vernünftigen, versteht sich.

Ich erhob mich ruckartig, stieß dabei mit meinem ganzen Gewicht gegen die Meute und schrie: «Verziehen Sie sich! Ich kümmere mich ab jetzt um das Kind!»

Augenblicklich verstummten die Menschen und starrten mich verblüfft an, als hätte ich einen Schuss aus meiner Kanone abgegeben. Nur Muffy hustete unentwegt, weil er sich offenbar an einem Stück Essen verschluckt hatte. Mit Absicht legte ich eine Pause ein, damit sich alle beruhigen konnten. Vor mir standen ein aufgewühlter Friedensrichter, der sich Schweißtropfen von der Stirn tupfte, Mrs. Lila in desolatem Zustand, die an ihrem engen Kragen nestelte, und ihr Ehemann Beans, der mürrisch auf seiner kalten Zigarre kaute. Andreas hielt immer noch den Keks über den Kopf, bis Tigerauge ihn in die Seite stieß und sich den Weg durch die Menge nach vorne bahnte. Herrisch stellte sie sich vor mir auf. Als sie sprach, bemerkte ich ihren ungewöhnlich fragenden Tonfall.

«Wer in aller Welt sind Sie eigentlich, dass Sie sich hier so aufspielen, hä?»

Ja, wer war ich eigentlich? Konnte ich das überhaupt in einem Satz beantworten? Niemand konnte so schlecht auf einfache Fragen antworten wie ich. Sie wissen ja jetzt, Mister

Walker, wie ich mich damals fühlte und welcher Kampf in meinem Innern tobte. Was ich aber noch nicht erwähnt habe, ist Folgendes: Im Grunde meines Herzens fühlte ich mich nutzlos. Und gerade deshalb sprach ich zum Tigerauge so formell und arrogant wie möglich:

«Ich bin Anwalt.»

Kapitel 19

Innere Kämpfe

Ja, ja. Lachen Sie ruhig. Meine Aussage aber überzeugte die Leute, obwohl ich denke, dass der Friedensrichter meine Lüge durchschaute. Er musterte mich mit größtem Misstrauen. Ich konnte es ihm nicht verübeln. Aber ich glaube, er erkannte meine gute Absicht, denn er verriet mich nicht. Bevor er ausstieg – sein Reiseziel war bald erreicht –, nahm er mich beiseite und raunte: «Dass *Sie* Anwalt sind … naaaa ja! Ich glaube vielmehr, dass Sie ein Betrüger sind. Ich hoffe, Sie wissen, was Sie tun. So ein Kind ist eine große Verantwortung!»

Ich nickte nur. Und obwohl ich bis dahin die Religion und den Glauben an Gott nur belächelt hatte, sagte ich zu mir: Der Friedensrichter hat recht. Eliott, du bist ein Schweinehund, jetzt musst du Buße tun. Ich hatte dem Kind die Mutter genommen. Nein, es war noch viel abscheulicher: Ich hatte das Leben der Mutter auf dem Gewissen, weil ich ihr Liebstes gestohlen hatte.

Nach einem Mitternachtssnack im Restaurant war im Zug nicht an Schlaf zu denken. Denn eine Stimme in meinem Kopf rief weiterhin: «Du bist ein Mörder, Eliott! Ein Mörder!» Das Sonderbare daran war, dass es nicht meine eigene Stimme war, sondern die meiner Mutter. In meinem Gehirn tobte der Kampf meines Gewissens. Ich wollte auf der Stelle aus dem «Früher» ausbrechen, wollte kurzen Prozess machen mit meiner gesamten unwürdigen Vergangenheit.

Doch mein altes Ich, das üble, diebische, das meine ganz persönliche Abbitte verhöhnte, setzte sich rasch wieder durch. Es lästerte: «Was für ein Schwächling bist du? Lässt du dich tatsächlich von diesem Kind an der Nase herumführen? Das ist doch gar nicht dasselbe Kind, und wenn schon: Im Heim wird es aufwachsen wie hunderttausend andere Waisenkinder auch. Es wird überleben, glaub mir!»

Doch ich gab nicht auf. Ich sagte: «Ich glaube dir gar nichts mehr, du Ungeheuer. Lass mich in Frieden!»

Im Morgengrauen war ich müde und erschlagen, ich war das Gerüttel des Zuges leid, und die höhnische Stimme in meinem Innern ließ mich mürbe werden. Allerdings gab ich mich nicht geschlagen.

Mittlerweile steuerte die Lok in Richtung New Mexico. Ich erkannte es an den Baumwollplantagen. Deshalb erhob ich mich, rückte meine Kleidung zurecht, zog mir den Mantel über und stülpte meinen Zylinder auf den Kopf. Zu Andreas sagte ich: «Ich könnte eine gute Mahlzeit vertragen. Kommst du mit?»

Auch Andreas wirkte übernächtigt, er rieb sich den Schlaf aus den Augen, sah schrecklich verwahrlost aus, nahm seine ledrige Posttasche und erhob sich mit Palomina. Das Mädchen schien ebenso müde zu sein, sein Kleid war zerknittert, seine Haare waren ungebürstet. Ich konnte nicht anders und lächelte es aufmunternd an.

«Wenn Sie bezahlen!», sagte Andreas freundlich und nahm dankend an. Er hob Palomina auf und trug sie in den Speisewagen.

Wir durchquerten zwei Waggons, bis wir in den Speisewagen gelangten, der für das Frühstück sehr sauber und gepflegt hergerichtet worden war, mit neuen Tischtüchern, frischem Geschirr, glänzenden Teetassen, poliertem Besteck, das sorgfältig neben den Frühstückstellern lag.

Ich blickte auf meine Uhr. Weil es erst halb acht war, waren wir die einzigen Gäste. Ein Geruch von Seife, alten Zigaretten und Holzlack lag in der Luft. Die Sonne leuchtete angenehm hell durch die Fenster, und ich spürte, wie sich der Zug erwärmte. Wir wählten gleich den erstbesten Tisch, und ich bat Palomina, am Fenster Platz zu nehmen. Sie kletterte auf die Bank aus schwarzem Leder, hielt sich am Fensterrahmen fest, um gleich aufgeregt aus dem Zug hinauszublicken. Gähnend nickte ich Andreas zu, er solle sich setzen, und ließ mich müde in den bequemen Sessel fallen, der auf der anderen Seite des Tisches stand.

Ein alter Mann in Kellnerkleidung kam angelaufen. Er wirkte angestrengt höflich und wischte mit den weißen Handschuhen Krümel von der Tischdecke, die gar nicht existierten.

«Was wünschen die Herrschaften?», fragte er.

«Wir trinken Kaffee und möchten frühstücken», gab ich zur Antwort.

«Und die kleine Dame?», fragte er mit dem Kopf auf das Mädchen deutend.

Ich beeilte mich, noch eine heiße Schokolade für sie zu bestellen, und fühlte mich sogleich besser.

Und dann fragte sie mich: «Wie ist denn eigentlich Ihr Name, Sir?»

Sie erwartete meine Antwort, aber ich hatte gerade etwas realisiert und war mit meinen Gedanken beschäftigt: Soweit ich zurückdenken konnte, hatte ich mich noch nie um jemanden gekümmert.

Es wird hart werden für mich, für jemand anderen mitzudenken, für jemanden Dinge zu erledigen, fürsorglich nachzufragen, überlegte ich.

Bestimmt war es das, wovor ich mich am meisten fürchtete: Konnte einer wie ich sich ändern? Konnte man jemanden in meine Fürsorge geben?

Egal, ich war entschlossen, mich um Palomina zu kümmern. War es nicht so, als hätten sich in den letzten Stunden alle meine Vergehen gegen mich verschworen? Musste ich nicht wegen meinem Bedürfnis nach Klärung und Sühne alles auf diese eine Karte setzen, damit ich frei werden konnte?

Als das Kind mich mit seinem durchdringenden Blick begutachtete, seine Finger dabei auf das Tischtuch legte, seine abgewetzten Mantelärmel traurig und bemitleidenswert das weiße Tischtuch beschmutzten, da erkannte ich, dass meine Gedanken egoistisch waren: Wieder dachte ich nur an mich, an *meine* Absolution, in erster Linie nur an *meine* innere Rettung. Warum glaubte ich, dass ich einfach bloß den Schalter umzulegen bräuchte, und dann würde schon alles gut? Ich hatte diesem Kind Unverzeihliches angetan!

Ein «neues Leben» mit dem Kind anzufangen, was immer das auch bedeuten sollte, das war doch nicht genug. Hatte jemand wie ich einen Neuanfang verdient?

Während ich abwesend meinen Kaffee trank, der dünn und langweilig war, fühlte ich, wie sich meine Lungen verschlossen, begann mich zu räuspern und zu husten. «Ich bin gleich wieder da», sagte ich zu meinen beiden Gästen und stürzte hinaus an die frische Luft.

Als ich draußen stand und mich elend und schmutzig fühlte, begann ich am ganzen Körper zu schlottern. Innerhalb von Sekunden brach ein tiefer Seufzer aus mir heraus, und es war, als käme er direkt aus einem Gefühl der totalen Niederlage. Ich versuchte, alles von mir zu schieben: die Selbstvorwürfe, das Bedauern über das Schicksal von Berta, das Mitleid mit Palomina und die Wut über meine verdammte Angewohnheit, anderen das Leben zu ruinieren. Nichts davon gelang.

Was hast du nur getan, Eliott?

Es gelang mir nicht mehr, Haltung zu bewahren. Wie ein alter zittriger Mann brach ich zusammen, ging auf die Knie, als müsste ich mich gerade hier und jetzt für alles vor einem Gerichtshof verantworten.

«Es tut mir so leid. Es tut mir leid. Es tut mir leid …», schluchzte ich immer wieder.

So verharrte ich, bis meine Beine taub wurden.

Kapitel 20
Abbitte

Zu besagtem Zeitpunkt dachte ich, ich wäre allein, aber ich irrte mich: Das Mädchen stand hinter mir, es war mir gefolgt. Jetzt zog sie an meinem Kittel und sagte: «Du brauchst nicht zu weinen. Ich bin ja hier.»

Egal, ob diese Worte nur Einbildung waren, eine Täuschung also, eine Illusion, die mich betrog – es spielte keine Rolle, denn sie prägten sich mir tief ein.

Palomina legte mir die Hand aufs Gesicht und strich über mein Kinn. Ich kam mir ziemlich hilflos vor in ihrer Gegenwart, wischte die Tränen aus meinem Gesicht, aber es half nicht.

«Ich heiße Eliott», sagte ich mit erstickter Stimme.

Sie blickte mich verständnisvoll an und tätschelte mit kindlichen Bewegungen meinen Bart.

Eine Weile verharrten wir so.

Doch dann stand ich auf, nahm ihre Hand, und wir gingen in den Speisewagen zurück.

Nun, Sie sehen, Mister Walker, wie meine Wandlung begann. Natürlich, ich war ein Idiot. Aber sicher! Ich war auch ein Halunke. Dieses Mädchen aber mit ihren großen klaren Augen, sprach mich mit ihrer gesamten engelhaften Schönheit an.

Fassungslos, wie ich war, konnte ich kaum glauben, was mit mir geschah. Ich spürte, dass da etwas war, was mich unerwartet traf. Soll ich es ein Zeichen nennen?

Ich meinte, im Leben alle Trümpfe in der Hand zu halten, und genau deswegen beging ich immer wieder Todsünden. Und dann stand dieses Kind vor mir mit einer Waffe, gegen die ich mich nicht zur Wehr setzen konnte.

Es war, als würde mich jemand vom Sockel stoßen, jäh und unerwartet, ja beinahe zerstörerisch. Davon war ich überzeugt. Ich brauchte Zeit, um mit mir selbst einen Plan auszuhandeln. Was war mein nächster Schritt?

Kapitel 21
Jakob, der Betrüger

Es ergab sich, dass mich eine halbe Stunde später – wir saßen mittlerweile wieder im Waggon – der alte Mann, den ich zu Beginn der Reise gezeichnet hatte, ansprach:

«Hallo, Herr Anwalt, darf ich mich zu Ihnen setzen?»

Seine Stimme klang rau, wie die eines Rauchers. Seine Zähne waren ziemlich gelb, und seine Gesichtshaut hing schwer von den Wangenknochen, aber er verströmte den frischen Duft von gutem Rasierwasser, was mich milder stimmte. Er nickte mir freundlich, ja beinahe geduldig zu, obwohl ich sichtlich nicht in der Stimmung war, mit jemandem zu sprechen.

Überraschend zuvorkommend nahm er seine Zigarren hervor und bot mir eine an. Ich lehnte ab. Unmittelbar danach zückte er eine kleine Schnapsflasche, nahm einen kräftigen Schluck und hielt mir auch dieses Angebot vor die Nase. Ich gebe zu, dass mir das Gebräu, was auch immer es war, angenehm die Kehle befeuchtete. Ich wurde ruhiger.

«Kennen Sie die Geschichte von Jakob und Esau aus der Bibel?», kam er gleich zum Punkt. «Sie ist ziemlich interessant.»

«Nein, Sir», sagte ich. «Ich will sie aber auch gar nicht hören. Bitte bemühen Sie sich nicht. Ich … brauche keine Unterhaltung.»

Kann der Kerl mich nicht in Ruhe lassen?, dachte ich insgeheim. Ich kann heute nichts mehr ertragen!

Indessen fuhr der Alte unbeirrt fort und tat so, als hätte er mich gar nicht gehört. Seine Stimme war ernst, enthielt aber auch etwas Wohlwollendes. Trotzdem verachtete ich ihn für seine Unverschämtheit, einfach weiterzusprechen.

«Es gab einmal zwei Brüder namens Jakob und Esau», sagte der Mann und zog an seiner Zigarre. «Esau wurde von seinem Dad bevorzugt. Jakob dagegen war der Liebling seiner Mutter.»

Ich verschränkte die Arme vor der Brust und blickte demonstrativ aus dem Fenster.

«Jakob war hübsch, intelligent, aber auch listig und verschlagen. Er war ein Betrüger, und ein sehr erfolgreicher dazu … Zum Beispiel war Esau der Erstgeborene. Er hatte Anrecht auf das Erstgeburtsrecht, das Jakob ihm aber gewitzt für ein Linsengericht abluchste. Und später – ihr Vater war ziemlich alt und bereits blind – erschlich sich Jakob auch noch den Erstgeburtssegen von seinem Vater.»

Da kann ich nicht mitreden, hab nie einen Vater gehabt …, dachte ich grimmig bei mir.

«Überlegen Sie, wie wütend Esau auf seinen Bruder gewesen sein muss! Der Segen wurde bloß ein Mal und nur dem ältesten Sohn zugesprochen, der dem sterbenden Vater danach als Haupt der Familie folgte.»

Ich zog die Augenbrauen hoch. «Ganz schön dreist von Jakob, das gebe ich zu.»

Der Alte lächelte, nahm sein Taschentuch und wischte sich damit den Mund. «Nachdem Jakob vom Vater den Segen bekommen hatte, flüchtete er vor der Rache seines Bruders.»

«Was wollen Sie mir eigentlich mit all dem sagen?!», gab ich ungehalten zurück.

«Wir müssen uns nicht siezen. Nennen Sie mich Jim.»

Unumwunden gab ich zurück: «Ich kenne diesen Jakob nicht. Lass mich bitte in Ruhe damit.»

«Du brauchst ihn auch nicht zu kennen, du musst nur eins wissen …»

Am liebsten hätte ich mich verzogen, irgendwohin, in einen Raum, in dem ich taub und blind sein konnte, ohne gestört zu werden.

«Was muss ich wissen, alter Mann?», herrschte ich ihn an, damit er endlich mit den Dingen rausrückte, die ich nicht hören wollte.

«Dass Jakob am Ende um den Segen von Gott rang und ihn trotz seiner Schuld, trotz seiner Lügen, trotz seiner Schuld erhalten hat.»

Ich kniff die Augen zusammen, war neugierig geworden. «Wie kann Jakob Gott einfach so herausfordern? Fühlt sich Gott da nicht angegriffen?», fragte ich aufgebracht, obwohl ich nicht an Gott glaubte.

«Nein», sagte der alte Mann leise, aber bestimmt.

Ich hätte auf der Stelle tausend Dollar wetten können, dass er mich anlügt. Dann aber sah ich seine gütigen Augen. Sah, dass er ruhig und unaufgeregt antwortete und seine Stimme in keiner Weise anstrengte, als könne er mich und die Lage, in die ich geraten war, verstehen. Ich sah, dass nichts in seinem Gesicht einer Lüge glich, denn ich hatte früher selber oft leichtfertig und unüberlegt gelogen. Und deshalb erkannte ich die Merkmale eines Betrügers auf hundert Meilen. Seine Stimme besänftigte mich, die Klarheit seiner Aussage ließ mich ruhiger werden, und ich begann, ihm ansatzweise zu vertrauen.

«Gott wusste um Jakobs Schuldgefühle. Er wusste, dass seine Reue wahrhaftig war. Deshalb hat er ihn gesegnet und ihn zum Stammvater über zwölf Stämme gemacht», sprach er unumwunden, ohne auch nur mit der Wimper zu zucken, ohne Andeutungen und Spott. Als würde er sagen: Hör zu, so und ganz bestimmt nicht anders verhält es sich.

Ich konnte kaum fassen, was ich gehört hatte, es fiel mir schwer, so etwas zu glauben. Ich wurde wütend und unzufrieden. Höhnisch verzog ich das Gesicht, fand aber keine abschätzige Antwort, die ich dem alten Mann hätte entgegenschleudern können. Ich hätte ihn gerne kleingemacht, diesen dreisten alten Mann, mir fehlte aber der Atem, und ich schloss erschöpft die Augen.

So endete unsere Unterhaltung abrupt, weil ich mich schlafend stellte, weil ich mich ihm entzog, ihm und meinen aggressiven Gefühlen, der Schuld, dem kleinen Mädchen, den ganzen Mistjahren, die mich in eine Lage hineinversetzt hatten, aus der ich unmöglich herauskommen konnte.

Alles quälte mich. Ich wäre gerne wieder der Alte geworden, der Mann, der mich vor ein paar Stunden, vor der Begegnung mit dem Kind, verlassen hatte. Aber auch das ging nicht mehr.

Ich gab mich haltlosen Fantasien hin, dachte: Ich steige

einfach bei der nächsten Haltestelle aus, lasse alles, wie es ist. Sagte mir, das Mädchen wird nie etwas wissen, sie kennt mich nicht, niemand muss je etwas erfahren.

Doch dann fiel mir wieder ein, was für Möglichkeiten ich Palomina vorenthalten hatte: eine liebende Mutter, ein Zuhause, Zuspruch, Geborgenheit, all das, was ich von meiner Mutter damals reichlich erhalten hatte, und dann wurde mir klar, dass ich Palomina die Wahrheit gestohlen hatte. Ihre ganz eigene Lebensgeschichte hatte ich wie einen Faden durchschnitten. In eine ganz neue Richtung führte ihre Geschichte nun, oder genauer gesagt: in ein Leben ohne Zukunft.

In diesem schrecklichen Zustand rannte ich auf den Abort und schlug dort gegen die Wände, bis mich die Kraft verließ.

Kapitel 22
Auftakt

Einige Stunden später hielt der Zug für fünfzehn Minuten. Der Bahnhof war klein, baufällig, verrottet. In den letzten Jahren hatte sich niemand um das schändliche Gebäude gekümmert. An der Stirnseite des Bahnhofs saßen zwei alte Männer, die das spärliche Treiben auf der schmalen Hauptstraße verfolgten.

Ich stellte mich auf den Bahnhofsplatz und erblickte eine Kleinstadt mit winzigen Häusern, schmutzigen Fenstern, alten Vorhängen und einem abgerissenen Buchstaben über dem Krämerladen – da prangte *...arry's*, nicht *Harry's*. Weil es regnete, versank die Stadt im Morast. Auf der Straße waren nur wenige Menschen und kaum eine Kutsche zu sehen.

Ein Zeitungsjunge wollte mir eine Zeitung andrehen, aber ich lehnte ab, denn ich sah mich nach einem Verkäufer mit einem Bauchladen um. Als ich einen jungen Burschen fand, der ratlos und gelangweilt vor dem Laden von *...arry's* stand, kaufte ich ihm Sandwiches, Getränke und gebrannte Mandeln ab. Er war glücklich, dass endlich jemand bereit war, etwas zu kaufen, und bedankte sich, indem er mehrfach nickte.

Ich schlenderte wieder zurück zum Zug. Als ich die beiden alten Männer passierte, die auf der Bank saßen, warfen sie mir schiefe Blicke zu. Ich blieb stehen und fragte unumwunden: «Gibt es hier eine Kutsche in die nächste Stadt?»

Sie werden es kaum glauben, aber ich plante tatsächlich, zu türmen. Einer der beiden Tattergreise, die mir in meinen Dreißigern damals uralt erschienen, sagte: «Diese Kutsche gibt es, junger Mann. Aber sie hatte vor zwei Tagen einen Achsenbruch und muss repariert werden. Sie können ja zu Fuß gehen, wo auch immer sie hinwollen.» Sie lachten hämisch. Dem einen fehlten die Vorderzähne, der andere zog geräuschvoll Luft in die Nase und grunzte. Verdutzt starrte ich die Alten an. Dann schlug ich dem Mann mit der Zahnlücke heftig mit meinem Stock an den alten, kaputten Schuh. Auf der Stelle verstummten die beiden und musterten mich nervös.

«Wenn Sie mich belügen, können Sie was erleben», sagte ich vorwurfsvoll und überaus wütend.

Entsetzlich aufgewühlt und verunsichert wanderte ich zum Zug zurück, obgleich alles in meinem Körper fluchtbereit war. Ich kannte ja nichts anderes, als wegzulaufen. Also legte ich mir meinen Handlungsspielraum zurecht. Ich hätte dort stehen bleiben und dem fortfahrenden Zug nachwinken können, ich hätte aber auch wieder einsteigen und mich um das Kind einfach nur bis zum Ende der Reise kümmern können. Dort würde ich es dann dem Waisenhaus übergeben, wo es hingehörte, und dann zu meiner Cousine fahren. Aber mir war klar, dass all diese Möglichkeiten feigen Entscheidungen glichen, für die ich mich im Nachhinein mit Selbstverachtung strafen würde.

Unruhig erkannte ich, dass ich die Pflicht hatte, die Geborgenheit und die überschwängliche Liebe, die mir meine Mutter all die Jahre hatte zukommen lassen, auf irgendeine Art an das Leben weiterzugeben. Und wenn ich das unterließe – und das war für mich eindeutig –, müsste ich innerlich sterben. Und ein inwendiger Tod ist schwerer zu ertragen, unerträglicher als der echte Tod, dem man nur einmal begegnen muss. Denn der inwendige Tod begegnet einem jeden Tag. Man muss mit ihm essen, atmen, fühlen, ohne dass er von einem wegrückt oder einen freilässt. Der Gedanke, mich gegen das, wofür meine Mutter stand, entschieden zu haben, hätte mich nie in Ruhe gelassen.

Young, der vor dem Zug auf und ab ging, rempelte mich unhöflich mit dem Ellbogen an.

«Steigen Sie ein Sir, wenn Sie weiterfahren wollen, oder treten Sie zurück.» Er pfiff in seine verbeulte Trillerpfeife.

Ich kann das nicht, redete ich mir ein. Ich kann das wirklich nicht … So was kann doch nicht gutgehen, redete ich mir ein. Alles Schwachsinn.

Trotzdem verstand ich das Trillern als Auftakt zu einer neuen Realität. Obwohl ich mich wie ein Vollidiot fühlte, der nun wirklich keine Ahnung hatte, wie man für ein Kind sorgte. Wie sollte ich mit zwei linken Füßen einen unbekannten Fluss überqueren?

Nun, was würden Sie tun, Mister Walker? Sie müssen sich diese Frage gar nicht stellen, wenn Sie ein rechtschaffener Mann sind.

Ich aber war an einem Punkt angekommen, an dem ich mein Rückgrat nicht mehr hätte aufrichten können, hätte ich mich gegen das Kind entschieden.

Abrupt fiel mir die Geschichte des alten Jim wieder ein. Ich sagte mir in diesem Moment: Wenn der biblische Jakob, dieser miese Betrüger, von Gott den Segen bekommen hat, dann muss das doch auch für mich möglich sein.

Erleichtert und betäubt von der Hoffnung, die ich in dieser unverschämten Behauptung entdeckte, stieg ich in den Zug.

Die kleine Palomina nahm das Essen und freute sich über so viel Aufmerksamkeit.

«Danke. Wieso weißt du immer, wann ich hungrig bin?», fragte sie mich erstaunt und griff als Erstes nach den gebrannten Mandeln.

«Ich weiß sehr viel von dir», sagte ich ohne Melancholie. Dann nahm ich ihr die Mandeln aus der Hand und reichte ihr das Schinkensandwich.

«Erst salzig, dann süß», belehrte ich das Kind.

Sie kaute dankbar und trotzdem leichtfertig, als ginge sie das alles nichts an. Wie Kinder halt so sind. Sie leben heute und nicht morgen.

Zärtlich dachte ich: So war ich auch als Dreikäsehoch. Und ich erinnerte mich an meine eigene Kindheit, an meine Mutter, an ihr Streicheln, ihre Worte, das Essen, das sie mir reichte, wenn ich traurig war, die Worte, die mich besänftigten, ihr Wesen, das ich vergötterte. Ich überlegte, wie mein Leben aussehen könnte mit dem Kind. Dachte: Ich werde sie adoptieren, werde in eine größere Wohnung ziehen?

Nach dem Essen begann ich Palomina auszufragen, wollte alles wissen: woher sie kam, wie sie im Waisenhaus gelebt hatte. Sie sprach nur zögerlich, als wüsste sie nicht, wo ihre Gedanken begannen und wo sie endeten. Schließlich aber redete sie ununterbrochen: Sie habe zwei Freundinnen dort, eine etwas älter, die andere jünger. Kinder haben kein Gefühl für Jahre, deshalb sagte sie nur: «Anne ist klein, und Betsy ist schon groß.»

Sie erzählte mir von merkwürdigem Essen aus sonderbaren Farben, von Brot mit blauem Pelz und von warmer wässriger Suppe, in der kaum etwas schwamm. Sie erzählte von nassen Laken und von überfüllten Betten, sie erzählte, dass kaum jemand mit den Kindern im Waisenhaus sprach und sie viele Stunden alleine in verschlossenen Zimmern verbringen mussten.

Während Palomina erzählte, versickerte die letzte selbstsüchtige Kraft in mir. Ich hörte gebannt zu. Es war nicht ihr detailgetreuer Bericht, der mich zutiefst bewegte, nicht im Geringsten sogar, weil ich die Bedingungen in amerikanischen Waisenhäusern bereits kannte. Journalisten hatten sich in der New York Times schon oft darüber brüskiert, wie schändlich die Kinder in den staatlichen Räumen versorgt werden, wie sie hungern und ohne warme Kleidung und Schuhe auskommen mussten.

Vielmehr bedrückte mich, dass Palomina diese Sätze von sich gab, als wäre ihr nie etwas Schlimmes zugestoßen und als sei sie lediglich die Summe von etlichen Missverständnissen, für die niemand verantwortlich war. Als sie mein überaus besorgtes Gesicht sah, sagte sie unumwunden: «Alles ist gut.»

Nichts ist gut, dachte ich. Absolut gar nichts. Und mir war danach zu sagen: «Ich nehme dich zu mir, ich sorge gut für dich, du machst keinen Schritt in ein Waisenhaus mehr!», aber es gelang mir nicht.

Ich musste mit etwas Kleinem beginnen, sagte ich mir, musste ja nicht gleich mein ganzes Leben umkrempeln.

«Zu Weihnachten schenke ich dir einen neuen Mantel und neue Schuhe.»

Sie sah mich mit großen Augen an und fragte: «Bist du nicht mehr traurig, Eliott?»

«Nein», gab ich zur Antwort, obwohl es nicht der Wahrheit entsprach.

Ich schluckte schwer, während sie kauend fragte:

«Eliott, was ist eigentlich Weihnachten?»

Kapitel 23
Santa Fe

Der Tag der Ankunft im Bahnhof von Santa Fe, New Mexico, war ein Ereignis für mich. Erleichtert sprang ich aus dem Zug, aber das Tigerauge folgte mir. Sie baute sich vor mir auf und sagte allen Ernstes: «Werden wir mit dem Mädchen jetzt zum Sheriff gehen?»

Mir war klar, was sie damit bewerkstelligen wollte. Deshalb sagte ich: «Wollten Sie nicht ihre Tochter und ihr Neugeborenes besuchen, Ma'am?»

«Gesindel gehört hinter Gitter! Und ich kümmere mich darum, wenn es sein muss», triumphierte das Tigerauge herrisch.

Ich wappnete mich zum Angriff, stellte den Zylinder auf meinen Kopf und knöpfte ordentlich meinen Mantel zu, obwohl es sehr warm war in Santa Fe.

Ich machte eine bedeutungsvolle Pause.

«Ma'am, gerne fahre ich mit Ihnen zum Sheriff. Dort werde ich Sie anzeigen.»

Das Tigerauge packte meinen Arm und zog mich ganz nah zu sich. «Was ist in Sie gefahren?», keifte sie mir ins Ohr.

Da eröffnete ich ihr mit eisiger Stimme, dass ich ihre Absicht, ihre farbige Dienstmagd hier im Süden auf einem illegalen Sklavenmarkt zu verkaufen, längst durchschaut hätte.

Mir sei die Magd, die ein langes Gespräch mit Palomina geführt hatte, schon längst aufgefallen. Schockiert starrte mich das Tigerauge an.

Und dann zischte ich ihr zu: «Wer solch ungepflegten Schmuck trägt», ich zeigte auf die Brosche und das wüste Gewirr, das sie um ihren dünnen Hals geschlungen hatte, «muss wohl *sehr* dringend an Geld gelangen.»

Das Tigerauge wich sogleich von mir und verschwand fluchend in einer unübersichtlichen Menschenmenge, im Schlepptau ihre Magd.

Als ich kurze Zeit später mit Palomina und Andreas über die Bahnhofstraße ging, beobachtete ich, wie Muffy mit den Damen aus dem Waggon aneinandergeriet. Sie zerrten an seiner Jacke, während er davonzukommen versuchte.

Mrs. Lila und ihr Ehemann Beans verabschiedeten sich freundlich von uns, obwohl Beans dabei schwer keuchte, schleppte er doch ungefähr sieben prall gefüllte Gepäckstücke mühsam hinter seiner Frau her!

Andreas drehte sich zu mir um: «Das Waisenhaus liegt hinter dem Bahnhof. Ich verabschiede mich hier von Ihnen. Alles Gute. Ich bringe das Kind jetzt in sein neues Zuhause.»

«*Ich* möchte Palomina begleiten, wenn das geht», gab ich zurück.

Er lächelte mich an und schob ein Stück Kautabak in seinen Mund. «Sind Sie wirklich Anwalt?», fragte er mich.

Ich schüttelte den Kopf: «Ich habe etwas gutzumachen. Das erste Mal in meinem Leben werde ich für jemanden einstehen. Für dieses kleine Kind hier. Ist das ‹Anwalt› genug?»

Freundschaftlich reichte er mir die Hand.

«Davon bin ich überzeugt!»

Ich sah ihn danach nie wieder.

Kapitel 24
Apa

Es dauerte vier Monate, bis ich die Adoptionspapiere für Palomina in der Hand hielt. Obgleich es kein einfaches Unterfangen war, konnte ich es so bewerkstelligen, dass sie in meine Obhut gegeben wurde. Dafür musste ich drei Staatsbeamte in New York und die Waisenhausleiterin mit insgesamt 480 Dollar bestechen, musste sieben Bier und zwei Abendessen bezahlen, dazu fünf Chivas Regal Whiskys.

Bis dahin besuchte ich Palomina jeden Monat einmal im Waisenhaus. Sie war jedes Mal außer sich vor Freude, da sie sonst keinen Besuch erhielt. Ich fand mich mit der unerträglich langen Zugstrecke ab, lernte, ein Sitzkissen mitzunehmen, um keinen schmerzenden Hintern zu bekommen. Außerdem verzichtete ich darauf, Leute im Zug auszurauben, damit ich keine Scherereien bekam.

In dem Waisenhaus, in dem Palomina wohnte, kursierten schreckliche Krankheiten. Zu erwähnen ist auch, dass die Waisenhausleiterin eine üble Trinkerin war. Schließlich stellte sich diese Tatsache aber als hilfreich heraus: Ein Jahr später verlor die Dame nämlich ihre Lizenz.

Das Kind wuchs mir über all die Monate, die ich es besuchen durfte, immer mehr ans Herz.

Palomina war ein wunderbares Mädchen. Im Waisenhaus spielten wir jedes Mal Ballspiele und Poker. Der Lärm und Radau der Kinder, an den ich mich erst gewöhnen musste, erfreute mich irgendwann sogar.

Schnell übertraf mich Palomina im Pokern, sie gewann immer. Aber das Spielen mit Erwachsenen verbot ich ihr.

Ich zog in eine größere Wohnung, obwohl sie teuer war. Ich richtete Palomina ein schönes Zimmer ein, kaufte Farbe und pinselte die Wände an. Bei Tag leuchtete das Zimmer in einem warmen Sonnengelb. Ich kaufte ihr Vorhänge mit Blumenmuster und sogar einen grünen Teppich, den sie sehr mochte.

Bald stand ein kleines Bett an der Wand und darauf thronten zwei Stoffbären und eine Holzpuppe.

Der 11. Mai 1913 war ein frühlingshafter, sonniger Tag, und da wurde ich zum ersten Mal im Leben Vater. Es war der Tag, an dem Palomina bei mir einzog. Ich holte sie am Bahnhof ab. Diesmal wurde sie im Zug von einer Mitarbeiterin des Fürsorgeamtes begleitet, weil ich darauf bestanden hatte – eine hübsche dunkelhaarige Dame übrigens, die ich daraufhin aber nie wieder zu Gesicht bekam.

Mein Kind besaß nicht viele Sachen. Sie zog mit einem kleinen Koffer, einem Paar Schuhe und einer kleinen Puppe ein. Ihre wenige Habe beelendete mich zutiefst. Ich kaufte ihr eine neue Garderobe: drei schöne Kleider, drei Paar Schuhe und einen neuen rostroten Mantel. Wir gingen gemeinsam zu meinem Friseur Shtisel, und er wusch und schnitt ihr ordentlich das Haar. Er fand noch ein paar Kopfläuse aus dem

Waisenhaus, was auch nicht weiter schlimm war. Dann schenkte er ihr eine dunkelblaue Schleife fürs Haar. Palomina war überglücklich und drückte ihm zum Abschied einen Kuss auf die Wange. Ab jenem Tag nannte mich Shtisel nicht mehr «Halunke», so wie er es früher immer getan hatte. Er nannte mich «Apa», was auf Ungarisch «Vater» bedeutet.

In den ersten Wochen war die Umstellung auf «Familie» gar nicht so einfach. Deshalb rief ich meinen alten Freund Marcel an, der mich gemeinsam mit seiner Frau und seiner Familie unterstützte. Mit allem tat ich mich schwer, besonders das morgendliche Aufstehen und die gesunde Kocherei mit viel Gemüse und Kartoffeln, die ich erst mühsam lernen musste, bereiteten mir Schwierigkeiten. Ich konnte mir das Essen im Restaurant nicht mehr leisten, aber wissen Sie, das machte mir nichts aus.

Anfangs war es sehr schwierig mit ihr, sie war ein schreckhaftes, verschüchtertes Mädchen mit vielen Ängsten, die ihre kindliche Entwicklung ausbremsten. Sie schlief schlecht, weinte oft im Schlaf, und ich musste sie oft mit beruhigenden Liedern und leisem Zuspruch trösten.

Es machte mir Sorgen, und ich brachte sie deswegen zum Arzt. Dieser machte mir Vorwürfe, ich hätte nicht gut genug gesorgt für meine Tochter. Sie sei abgemagert, sei zu klein, habe schlechte Zähne, könne gewisse Worte noch nicht einmal formulieren. Das Wachstum habe sich bei ihr stark verzögert.

Ich verriet ihm nicht, dass sie erst seit Kurzem bei mir war. Ich fühlte mich schuldig und überdies tat es gut, endlich einmal von jemandem für seine Sünden zur Rechenschaft gezogen zu werden. Allerdings machte ich mir an dem Abend schwere Vorwürfe und verfluchte mich selbst.

Wissen Sie, wenn man jeden Tag vor Augen hat, was man im unberührten Leben eines Menschen angerichtet hat, dann schmerzt einen das sehr. In dieser Zeit veränderte ich mich noch mehr, war bald nicht mehr der Mann von früher .

Obwohl es mit Palomina nicht einfach war, merkte ich, dass es sich lohnte, in sie, in Menschen im Allgemeinen, zu investieren. Und ich wurde – wie dieser Jakob aus der Bibel übrigens! – ein aufrechter Mensch, der plötzlich die Kraft besaß, etwas für andere zu tun.

Ich war lange Zeit nichts wert. Lange Zeit lebte ich wie ein Wurzelstock im Dunkeln. Aber Palomina legte mein Herz frei und machte aus mir einen wahrhaftigen Menschen.

Kapitel 25
Dem Leben zugewandt

Es ist drei Uhr morgens, und im Studio herrscht absolute Stille. Einige Eiskristalle haben sich auf dem Fenster gebildet. Walker will etwas sagen, bringt aber keine Silbe hervor.

Ratlos blickt White sich um. Auch der Aufnahmeleiter sitzt sprachlos in seinem Sessel und wirft ihm einen undeutbaren Blick zu.

Deshalb fährt White fort: «Nun, haben Sie jetzt, was Sie wollten? Ach ja, das hätte ich beinahe vergessen, Mister Walker. Um Ihre Frage zu beantworten: Mein Erfolg ist der Tatsache geschuldet, dass ich mich damals dem Leben zuwandte. Wissen Sie, das habe ich von meiner Tochter, diesem Engel, gelernt. Sie ist ein guter Mensch, obwohl sich ihr seit ihrer Geburt so viel in den Weg gestellt hat. Und seither, das kann ich hier mit hundertprozentiger Gewissheit sagen, bin ich ein positiver Mensch, auch wenn dieses Leben, das ich wählte, oft schwierig und belastend war. Aber nicht trotzdem, sondern gerade *deswegen* erfüllt es einen.

Der berufliche Erfolg, das erkannte ich erst später, stellte sich erstaunlicherweise von selbst ein. Und nur, weil ich folgende Erfahrung machte: Wenn du die Dinge in deinem Leben klärst und dich immer wieder von Neuem für Menschen einsetzt, dann wird dir alles vielfach erstattet. Nun ja, so sehe ich das.

Um unseren Lebensunterhalt zu verdienen, eröffnete ich irgendwann eine Eisdiele, die bald sehr gefragt war. In unserem Viertel gab es noch keinen Eisverkäufer, und die Leute liebten frisches Eis. Ich musste um fünf Uhr früh aufstehen, um jeden Tag frisches Gelato herzustellen, weil es damals, als es noch keine Kühlschränke gab, allzu schnell schmolz. Ich bevorzugte Vanille- und Schokoeis, doch die Leute fragten auch nach Erdbeere und Banane.

Palomina, das liebe Kind, wollte auch früh aufstehen, um mir mit der Mischung und der ganzen Arbeit zu helfen, doch das erlaubte ich nicht. Sie sollte anständig frühstücken, sich auf die Schule konzentrieren und gute Zeugnisse nach Hause bringen.

Innerhalb kürzester Zeit hatte sie es sich zur Aufgabe gemacht, unsere Reklametafeln zu schreiben, die wir überall in der Stadt aufhängten. Sie ist eine erstaunlich gute Zeichnerin. Ich glaube, und das darf ich hier sagen, das hat sie von mir.

Sie hat eine sehr schöne Handschrift und machte mich stolz. Noch im selben Jahr eröffneten wir eine weitere Eisdiele. Beinahe am selben Ort, an dem ich früher schlechte Kleidung verkaufte. Wissen Sie, auch das war für mich ein Neuanfang.

Dafür nahm ich meine frisch verheiratete Cousine Elli und ihren jungen Ehemann unter Vertrag, die nach New York City gezogen waren. Wie sich herausstellte, war der Mann meiner Cousine ein erfahrener Kaufmann, der mein Geschäft mit Unternehmergeist und Gewinn vorantrieb. Er hatte eine gute Meinung von mir, weil ich meine Schulden bei seiner Ehefrau beglichen hatte und ihnen viel Vertrauen entgegenbrachte. Das war mein Glück, denn ich hatte erst mal keine Ahnung von ehrlichen Geschäften.

Als der Erste Weltkrieg 1917 auch Amerika vereinnahmte, hatte ich dringende Geschäfte in Europa zu erledigen: In einer französischen Kleinstadt produzierte ich im Auftrag der amerikanischen Regierung Eis, um die Moral unserer Soldaten und der Alliierten zu stärken. So lieferten wir zur Truppenunterhaltung jede Menge Vanille- und Erdbeereis an die Front.

Als ich auf meiner Reise durch die zerbombten Städte fuhr und all die Familien mit Kindern sah, die auf den Straßen lebten und unter Brücken schliefen, wusste ich, dass mein Auftrag größer war als angenommen. Die Sinnlosigkeit des Stellungskrieges, der Wahnsinn der Kämpfe, das so viel Leiden auslöste … Ich hatte mich Palomina verpflichtet, aber nun merkte ich, wie viele andere Aufgaben Gott mir noch zeigen wollte.

Mit meinem Geld und all den Fähigkeiten, die ich besaß, fügte ich einen Stein auf den anderen, half, wo es Hilfe brauchte, arbeitete und baute. Meine Mitarbeiter und ich begannen, regelmäßig auf den Straßen Essen zu verteilen: Suppe, Brot und Gemüse.

Als der Krieg zu Ende war, machten wir damit erfolgreich weiter. Ehrliche Arbeit, Mister Walker, das war ehrliche Arbeit, und darauf bin ich stolz.

Eine Frage blieb allerdings offen: Wie sollte ich Palomina jemals die ganze Wahrheit sagen? Die Zeit verging, und ich schob es lange vor mir her. – Feige, wie ich war! Sie war zwanzig, als ich ihr endlich alles eröffnete. Wie ich es erwartet hatte, war sie fassungslos. Entrüstet und tief verletzt verließ mich meine Tochter, um in Europa Geschichte zu studieren.

Sie sprach fünf Jahre nicht mit mir, nicht einmal Briefe schickte sie mir. Eine schreckliche Zeit begann für mich, und ich wurde krank. Das Herz, wissen Sie.

Doch eines Tages kehrte sie heim, machte mir Vorwürfe und erklärte, wie schmerzlich diese Wahrheit für sie gewesen sei. Wir sprachen den ganzen Tag, weinten, redeten, hörten uns zu, bis es nichts mehr zu sagen gab. Danach schwiegen wir, und noch im Schweigen lauschten wir unseren Gedanken. Dann sagte Palomina auf einmal mit einer großen Traurigkeit in der Stimme: ‹Ich weiß nicht, ob ich dir je vergeben kann.›

Das war ein harter Schlag für mich. Aber ich hatte es nicht anders verdient …»

Ganz unerwartet steht Eliott White auf, weil eine Frau mittleren Alters an die Glaswand zum Studio herangetreten ist und die Hand zum Gruß hebt.

Sie legt ihre hohe Stirn in Falten und begutachtet interessiert und mit wachen Augen das Studio. Es ist nicht zu übersehen, dass ihr das rote Kleid gut steht. Mit den weißen Handschuhen winkt sie ihm durch die Scheibe zu. Obwohl sie bereits vierzig sein muss, trägt sie immer noch kindliche Züge.

Der Moderator, der noch erstaunt und schweigend in seinem Sessel verharrt, erkennt sie. Das muss sie sein! Das Mädchen aus dem Zug, von dem sein Studiogast die ganze Zeit gesprochen hat.

Verwirrt reibt er sich die Wangen. Dann steht er auf, dreht ihnen allen den Rücken zu, stellt sich ans Fenster und blickt hinaus auf die Straße. Eliott White sieht, dass seine Schultern zittern.

Der alte Mann schiebt sich seinen Hut auf den Kopf und spricht letzte Worte ins Mikrofon:

«Jetzt wissen Sie vielleicht, weshalb ich nie Interviews gebe. Ich war nie stolz auf meine Geschichte. Aber ich danke Ihnen trotzdem, Mister Walker, ja allen, die zuhören in dieser Nacht, dass Sie sich die Zeit genommen haben für meine Geschichte.»

Die Tür öffnet sich, und die Dame geht dem alten Mann entgegen. Sie küsst ihn auf die Wange, während er dankbar und müde die Augen schließt und sich an ihrem Arm festhält. «Komm, ich bringe dich nach Hause, Dad», sagt sie leise.

Einen Augenblick lang hält er inne und prüft im Spiegel an der Wand, ob sein Hut auch richtig sitzt.

Palomina öffnet die Tür zum Ausgang und verabschiedet sich nickend vom Aufnahmeleiter und dem Tontechniker, die schweigend in der Dunkelheit verharren.

Als die Tür des Studios ins Schloss fällt, erschrickt der Mann am Mischpult und blickt zur Tür. Erst jetzt fällt ihm auf, dass sie noch auf Sendung sind! Aber sein Moderator schweigt.

An seiner Stelle spricht der Aufnahmeleiter mit heiserer Stimme ins Mikrofon: «Was für eine Geschichte, liebe Zuhörer! Das war der berühmte Unternehmer Eliott White. Danke, Sir, dass Sie uns erzählten, was Sie zu einem wahren Menschen gemacht hat. Gute Nacht!»

Vom 1. Januar bis zum 1. Juli 1913 wurden Dutzende von Kindern in Amerika per Post verschickt. Danach wurde der postalische Transport von Kindern verboten.

Danksagung

Meinem lieben Ehemann sage ich Danke für seine unermüdliche Unterstützung und seinen Humor bei jedem Buch, das ich in Angriff nehme. Danke für deine Geduld, wenn ich tagsüber schlafwandle und das Buch auf der Stirn trage.

Außerdem will ich meinen Söhnen Simeon, Nicola und Leandro danken, dass sie mich stets motivieren und mich zum Schreiben antreiben. Das ist sehr wichtig für mich. Dass ihr alle drei einen kreativen Weg eingeschlagen habt, freut mich ganz besonders.

Meinen lieben Freundinnen Madeleine, Sandy, Barbara und Giovanna gilt ein besonderer Dank. Ihr seid mir immer ein Fels in der Brandung.

Schließlich möchte ich mich beim Fontis-Verlag bedanken, besonders bei Dominik Klenk, der mir seit vielen Jahren sein Vertrauen schenkt. Und besonderer Dank gebührt meiner Lektorin Anne Helke. Danke für deinen Beistand und deine grobe und feine Schleifarbeit. Ein gutes Wort in schwerer Zeit wiegt mehr als pures Gold.